山寺清朝

外山滋比古エッセイ集

展望社

目次

撮影／熊切圭介
装丁／右澤康之
（二〇一七年三月三日撮影）

山寺清朝

山寺清朝

ある年、四国、徳島の大学で講演することになった。向うの係の人から、泊りは、ホテルがいいか、日本旅館か、ときいてきた。四国にはそれまで何度も行ったが、宿泊はきまっていて、こんなことをきかれたのははじめてである。

とっさに、できることなら、八十八ヵ所の札所のお寺で泊りたい、さがしてもらえないかと言った。相手はおもしろそうに、さがせばあります、おまかせくださいとうけ合った。こちらもなんとなくいい気持だった。そして、ひょっとすると、あの世のおばあさんのさしがねかもしれないと思った。

うちは分家で、本家のおばあさんがときどきやってきて話をして帰る。こどものころの思い出である。

信仰のあつい土地であったが、おばあさんはとくに信心深く、ヒマがあればお経をあげていた。うちへきたときも、話のとぎれには念仏をとなえる、そんな人だった。

このおばあさんにかなわぬ願いがあった。四国の八十八ヵ所をまわりたいというのである。昔のことである。いまのヨーロッパ旅行よりもはるかにたいへんである。そこへもってきておじいさんというのが有名なしまり屋で、カネのかかることは大嫌いときている。マチでゆび折りの資産家のくせに、ぜいたくを目のかたきにした。四国へなんぞ行かせるものではない。いくらおばあさんがたのんでも首をたてにふらなかったそうだ。

そういう人が多くあったのだろう。県内に四国八十八ヵ所を模した新四国八十八ヵ所というのがあった。これでもひとまわりするのに何日もかかったらしい。おばあさんはその巡礼をすると間もなくして亡くなった。心をのこして亡くなったのだろう。

中年にさしかかるころから私はしきりに講演をたのまれるようになった。口下手でうまく話せないという自覚があったから、断ることのできるものは断ったが、四国からの話は別で、かなりきびしいスケジュールでも受ける。そして講演のあと、近くの札所へおまいりするのである。

いちばんよく行ったのは松山で、その近くの石手寺へは何度行ったかしれない。市内からお寺へ向って歩いていると、畑仕事に向う農家の人とすれちがう。すると、きまって、あいさつされる。はじめはびっくりしたが、いかにも四国だという気がする。そして、おばあさんにこさせてあげたいと思う。

さて、はじめの徳島の大学のことだが、なんとか講演をして一服していると、お寺に泊ったことがない、おもしろそうだ、という大学の先生が何人もあらわれて、にぎやかなことになった。

焼山寺に泊ることになっていた。かなり遠いらしい。三台のクルマに分乗した一行は夕闇の山道を登っていく。

白いものがヘッドライトに照らし出される。白ウサギである。そんなに山は深いのかと感心して、白ウサギの歓迎は悪くない、と思っていると、焼山寺につく。あたりは闇でわからないが、なんとなく気のひき締まるようである。

一日のつかれもあり早く寝る。

朝早く目がさめる。そっと抜け出して外へ出た。まだ暗い。用心しながら歩いてみる。すこし先のところが崖になっているらしい。近づいてみると、岸壁の上だった。

目を上げると雲海がずっと先までひろがっていて、息をのむ。

するると、ほんのり明るいところが見える。あそこから日が出るのだろう。ここで日の出を待つことにする。

そのころ私は東京にいても早朝、好んで散歩した。ゴミゴミしたところはいけないと考え、皇居をひとまわりするコースを歩くのである。それには始発にちかい地下鉄で大手町まで行く。冬なら暗い。半蔵門から三宅坂へかけてゆるやかな坂道をおりて行くのがすばらしい。左手には、お濠をへだてて皇居の森が黒々と広がっている。

その森の上から朝日があらわれて天地が急に明るくなる。かつて覚えた〝浩然の気〟というのはこれではないかと思う。昔の人が朝日に向って手を合わせた気持がわかるような気がして神妙になる。

焼山寺で山の上、雲海のかなたからあらわれた朝日は格別だった。この世のものとも思われない美しさ。かすかな光りが、雲の頭をうっすら染める。うっかりすると前の谷へ吸い込まれそうになる。こんな朝日ははじめてである。気がつくと手を合わせていた。

寺の方からもの音がきこえる。

本堂の方へ歩きながら清朝ということばが頭にうかぶが、やがて、聖朝といった方があたるような気がした。聖朝などということばのないことはわかっているが、讃美歌などにホーリー・ナイト、聖夜ということばがあるから、聖朝も許されるのではないか、と散文的なことを考えた。

石の下　(上)

「オレ、きょうクニへ帰る」

左道がやってきて、そう言っておどろかす。

その日、東大分院で診てもらったら、重症の結核、すぐ郷里へ帰れ、絶対安静にしていないと死ぬ、と宣告されたらしい。

戦後、昭和二十一年の初夏である。食べものがロクにないが、学生はみな、自炊の心得があった。二人であり合わせのもので夕食をした。見送って出たら、ひどくみすぼらしく見えた。あとで作った句

外套の背にほころびの別れかな

左道は帰ってこなかった。

人づき合いのよくないわたくしは、学校時代に友といえるのは左道のほかになかっ

た。左道も同じで、ほかのものとは口もきかないといったところがあった。

東京高等師範学校の英語科へ入学してはじめてのクラス会で、二人とも同じ愛知の出身だとわかり、彼の方から声をかけてきた。毎日、同じ教室にいるのに、土日には互いをおとずれ合ったりした。よくケンカもしたが、すぐまた仲良くなる。

東京文理科大学へ進学するとき、左道は英文科でなく哲学科を選んだ。どうやら、同じ英文科で競い合うのがいやだったらしい。そういうやさしいところが彼にはあった。

二人とも昭和二十年三月に陸軍に入った。彼はそこで健康を害したらしい。しかし、たいしたことはなかった。戦争が終ると、秋には大学へ戻って学生生活が始り、ほとんど毎日のように顔を合わせた。どうしたわけか左道のところには、当時、普通、手に入らなかった缶詰がごっそりあった。大学の学生ロッカーに入っている缶詰をいつでももっていってくれ、と言われたが、なぜかもらうのは厭だった。ヤミでどうかしたのではないかと思っていたのかもしれない。

帰郷した左道の様子はよくないらしかった。父親に卒業論文を口述筆記してもらい、大学へ送ったというハガキが最後である。

こちらも卒業論文で目の色を変えていたが、父親に代筆してもらって卒業論文を仕上げた左道の意志のつよさに打たれた。イギリス十八世紀の哲学者バークレーの研究だった。

左道の訃報を受けたのは、卒業直後のことである。葬式へ行かなくてはと思っても、時間もカネもない。やむなく電報を打った。いかにも薄情で、われながら恥かしい思いをしたが、どうすることもできない。やがて遺族のありかさえわからなくなってしまった。

二十年以上の歳月が流れたある朝、左道が夢に出てきた。別に気にもとめないでいると、二、三日してまた同じ夢を見た。いくらにぶい人間でも、これはナニカあると感じた。左道がなにか心にのこすことがあるのだと思った。

軍隊へ入る前、左道がわたくしの下宿へ移ってきた。二人で寝物語をしていて、彼が好きな人があると告白した。女子高等師範の数学科にいる加藤浩子さんである。しかし、片憶いらしい。なんなら、伝えてやろうかと口をすべらせたら、神聖なものを穢すな、と本気で怒った。加藤嬢の父親は加藤猛夫という著名な英文学者で、左道の父親と中学の親友の間柄だった。左道もよく加藤家を訪ねていたらしい。

左道が夢枕に立って、そんなことを憶い返して加藤浩子さんを探し出し、遺族のありかを知りたいと考えた。

たまたま、わたくしは、女子高等師範の後身であるお茶の水女子大にいる。卒業生名簿も手もとにあるから、さがし出せると思った。

名簿を見ると、このあたりという年度の数学科卒業生で旧姓加藤さんが四人いる。四人に同文の手紙を書いた。

「私は亡くなった左道義人の旧友です。彼の遺族のことを知りたいと願っています。ご存知でしたらご教示下さい。間違っていましたら、どうかおゆるし下さいますようにお願いします」

三人からは、すぐ、人違いですと言ってきたが、一人の返事がない。諦めていると、大分たって加藤さんから「火事で、アドレスが焼けてしまい、しらべるのに時間がかかりました。お尋ねの左道家のアドレスは……」とある。さっそく遺族宛の手紙を書いた。

弟さんからすぐ返事が来る。

会ったこともないが、「おなつかしい」などと言う。生前の左道があることないことを話していたらしい。

石の下　（下）

左道の遺族は西宮にいた。

電話をすると、弟さんが出てきた。こちらが、左道が夢に出てきた。葬式に行かれなかったので心を残しているのではないかと思う。お墓まいりをしたいと思って、お宅の住所をさがしていたのです。左道くんのお墓はどこですか、というと、電話の向うで異様な声がする。弟さんの声だった。

「実は、その……、兄の墓はないのです。」

「えぇッ？」

「兄の亡くなったとき、わが家は、食うや食わずの貧窮にありました。葬式もロクに出してやれませんでした。お墓などとても……」

わたくしは、いら立った。

「それは二十何年も前のことでしょ？　いまお墓はどこですか」

「それが、ありませんので……」

「お骨はどうしたんですか」

「郷里の屋敷跡の小高いところに石を置き……その下に眠っています」

「いまもですか」

「いまも……」

「郷里の石の下の左道くんを、おがみにいきます。ごいっしょにお願いします」

左道の郷里は、広島県福山市の外れであった。さっそく日をきめ、こちらは東京、弟さんは神戸から同じ列車で福山へいく。

車中できく話はおどろくことばかりだった。

左道のお父さんは戦中から戦後にかけてM商事の門司支店長だった(道理で、珍しい缶づめをもっていたわけだ)。ところが事件をおこして会社を首になってしまう。インフレのはげしいときである。またたく間に一家は路頭に迷うことになった。葬式もロクにしないで、「お骨は郷里の屋敷の裏に埋めました。」

「兄はそれを恨んで、あなたのところへ訴えに夢枕に立ったのです。うちで、父も母もそう言っています」

　左道の両親が存命であることをはじめて知る。

　福山の駅からタクシーで屋敷あとへ向う。

　地理がわからないが北西へ向ってかなり走った。夏草が人の背丈ほど生い茂っているのをかきわけてすすむと、一段、二段、高くなっている台地がある。その隅に白い石がのぞいている。左道は、その下に眠っていたのである。

　途中で買ってきたビールをかけると、心なしか、白いものが、立ちのぼったようであった。わたくしはしばらく、そこから動くことができなかった。

　弟さんは、のんきに、兄貴のことを話している。よく兄になぐられた、という。あの左道が、弟をなぐったのだろうか信じられない思いであった。その兄が、いつも東京から帰ってくると、あなたのことを噂して、あいつは、見どころがある、よく覚えておけ、と言われました、などと言い、「やはり、その通りでした」と笑った。

　そんなことより、どうして、二十年も墓なしにして放っておいたのか、それほど暮しがきびしいのか。

「なんなら、失礼ですが、お墓をつくるのに、わたくしもお手伝いします」

「いえ、それには及びません。お墓くらいは建てられます……」

だったら、どうして、いつまでも、石の下に放っておくのか、と亡き左道に代ってハラを立てたが、口にすべきではないと、内攻した。

「さようなら」

と、その昔、別れるときのあいさつをして石から離れた。


左道が思いを寄せた加藤さんは、結婚して佐藤さんである。

わたくしが、左道のことを書いた文章を読んだという女高師の同級生が、あなたのことではないかとコピーを送ってきました、という手紙をよこした。かつて、左道の遺族のことをわたくしがたずねたことは覚えておられないらしい。四十年も前のことである。忘れて当り前だろう。

佐藤さん、左道のことを〝ありがたい〟と言われる。石の下の左道、どんなによろこぶか、としみじみした気持になる。

佐藤さんは熱海に住んでいるといわれる。

「東京と熱海です。年老いた身でも、会えないことはないと存じます」

という文面である。

わたくしだって、そう思わないではないが、左道は二人の会うのを喜ぶまいと考えなおして、「いずれ、そのうち」と言ってやる。いずれも、そのうちも、ない年である。

ハシカ

　こどものころ、うちには、親類は二軒しかないと思っていた。両親ともきょうだいがすくなく、父方の叔父ひとり、母方にも叔父ひとりしかなく、淋しいはずだが、こどもだからそんなものだと思っていたのか、何ともなかった。ただ、父の兄のいる本家と、母の父、兄のいる実家とは、まるで違う。本家は寒々とした冬の国のようであるのに、母の実家は、いつも春の風が吹いていていた。

　本家へ行くときは、ひどく緊張したが、母の実家へ行くときは、前の日から浮き浮きした。どうしてだか、こどもにわかるはずがないけれども、不思議に思ったこともある。

　本家の人たちは、分家、その地方では新家は本家より、身分が低いと思っていたらしい。それはうちの本家だけでなく、その頃はどこでもそうだったらしい。

　本家はマチで一、二を競う資産家だったが、弟である父が独立しても、ほんのわずかしか財産を与えなかった。それでも世間体がある。やせた土地を与え、水害を受ける田圃を弟に与えた。何町何反という数字はいいが、実収の少ない貧田だった。

二つちがいの従弟が本家にいた。本家に対する反感のようなものがあったのだろう。従弟が小学校へ入ってくると、わたくしは、悪友といっしょに従弟をいじめたらしい。らしいでなく、いじめたのである。本家のおばあさんが、うちへ来て、わたくしではなく母を叱った。それを見て、わたくしはひどく悲しかった。大好きな母をいじめるのは鬼だと思い、それをそそのかした従弟も鬼だと思った。モモタロウではないが、鬼は征伐しなくてはいかん。従弟の下校を待ちぶせていじめ、泣かせて喜んでいた。われながら恥かしい限りだが、いまさらどうしようもない。

従弟はよほど、恨んだのであろう。わたくしのことを心の中で抹殺した。

五十年が経ったころ、従弟の長男という人から手紙が来た。わたくしの出した本を買ったが、奥付けに出身が愛知となっている、ひょっとして遠縁の人ではないかと思っておたずねする、というようなことが書いてある。従弟はわたくしのことを息子に一度も口にしたことがなかったのである。恨みはそれほどだったのかとおどろく。

それは戦後のことだが、その二十年も前、昭和のはじめのころわが家は名古屋に住んでいた。父は小さな会社で安月給とり、母は内職をして家計を助けた。妹のほかに、キミちゃんというお姉さんがいると思っていたが、実は父の年のはなれた妹で、市内の女学校へ通っていた。タダの下宿としてわが家を利用していたのである。本家の人たちの考えそうなことである。母の内職もそのためだったかもしれない。

このキミちゃんが、どうしたわけか、わたくしをたいへん可愛がってくれたらしい。こちらは幼くてよくわからなかったが、あとで母からよくきかされた。

そのころの女学生は袴をはいて、靴下、靴をはくというスタイルで、こどもが見てもカッコよかった。ことに海老茶の袴がよかった。キミちゃんが学校から帰ってくると玄関へとび出して行って、袴にだきつく。たまにこちらが出ていかないと、キミちゃんがさがしにくる。

そんなことをしているうちに、キミちゃんが女学校を卒業した。そうなると本家にとってわが家が名古屋にいるイミはなくなる。それだけでもなかっただろうが、父は本家のある町外れに、家を新築してもらって帰ることにした。いずれゴタゴタしたことがあったに違いないが、幼児の知るところではない。

ただ、困ったことになった。家をたたむことになって忙しいさ中、わたくしがハシカにかかった。かなりひどいハシカだった。あとできいたことだが、キミちゃんが親身になって世話をしてくれたそうである。

田舎の新しい家へ移ってからもわたくしのハシカは完治しなかった。ようやく治ったら、キミちゃんが、すでに本家へ戻っていたが、ハシカになった。幼いときにハシカをやっていなかったのである。もちろん予防注射などない時代である。大人のハシカはおそろしい、といわれていたが、キミちゃんは、あっという間に亡くなった。

わたくしのハシカがうつったのである。それははっきりしているが、本家の人たちは、わたくしが殺したように思い、思うだけでなく、人にも言ったらしく、わが家は肩身のせまい思いをした。すこし大きくなって、そのことを知ったわたくしは、強い憎しみを覚えた。後年、従弟をいじめたのも、そのときの恨みがはたらいていたに違いない。従弟には気の毒なことをしてしまったと、思い出すたびに心であやまっているが、従弟は三十年も前に亡くなってしまっている。

近年、成人のハシカが流行している、という。テレビなどでそういう話をきくと、いつもキミちゃんのことが心を突く。

そんなときは、キミちゃんの供養のための念仏をふだんよりもていねいにとなえる。

近くの禅寺の庭の隅にお地蔵さんが立っておられる。そのお地蔵さんを信心して四十年ちかい。

ふろしき

おじいさんについて田舎へ行きたいのに、父がうんと言ってくれない。こどもながら困ったという気持だった。

その頃うちは四日市に住んでいた。そこへ母の父、おじいさんが来た。おじいさんは、三河の旭村の村長だった。ずっと永い間村長だった。そんなことより、わたくしにとって、いちばん好きな人だった。父方のおじいさんもいたが、一度も、やさしい気持をいだいたことはなかった。むしろ、おぞましい存在だったのだから、対照的であった。本家のおじいさんは商売に成功した資産家だったが、こどもにとってそんなことは問題でない。ケチなじいさんという目で見ていた。

母方のおじいさんは、まるでちがう。本当にかわいがってくれていることがわかる。つねづね母から、それとなく、おじいさんのえらさをきかされていたからであろう。村の人たちから立てられて、何十年も村長をしていたのである。

いくら田舎とはいえ、娘のところで油を売ったりしていては村長はつとまるまい。このときは村長をやめたあとだったかもしれない。

おじいさんはわたしを連れて帰りたかったらしい。母も賛成したが、父がうんと言わない。大人のことは、こどもにわからないが、なにか、父と祖父の間にわだかまるものがあったのかもしれない。あるいは、祖父に対してひけ目を感じていたのかもわからない。

幼い息子が、おじいさんを慕い、ついて行きたいと言うのが、おもしろくなかったのだろう。いくら、みんなで頼んでも言うことをきかなかった。

祖父の帰る日の朝、もう一度、ついて行きたいと言うわたしに、ダメだと言ったらダメだ、といった調子で、会社へ行ってしまった。

母とおじいさんが相談したのだろう。わたくしに、一人で会社へ行って、もう一度頼んでみよ、という入智恵をした。

会社は、こどもの足では十五分くらいもかかるところだった。前に行ったことはあるが、ひとりで行くのははじめて。心もとないが、行きたい一心で、飛ぶように会社へ向った。

会社ではほかの人がいる。その手前、こどもの願いをムゲにはねつけるのは、気がひけたのかもしれない。そんなに行きたいのなら、しかたがない。行ってもいい、とお許しが出た。また飛んで帰って、さっそく、出発の支度にかかった。

母の実家、おじいさんのところは、三河の南、乗物ののろい時代でもあり、半日では着かない。関西線で名古屋へ出、東海道線で刈谷まで行き、私鉄の三河線でたっぷり一時間の旭村につくのである。

わたくしが、おじいさんについて行きたいと思ったのは、同い年ぐらいのいとこたちと会うことや、夏だったから、西瓜が存分に食べられるなどのほかに、汽車に乗れるよろこびが大きかったように思われる。

おじいさんにつれられて汽車に乗った。うちは駅から十分くらいのところで、家の前の通りは近くで踏切になっていた。

列車が走り出して、まだ速度を上げないところで、その踏切がある。窓をあけて乗り出すように外を見ていると、その踏切で、母と妹がいるではないか。見送りに来たのか、と思っていると、母が手にもったふろしきを差し出しているではないか。

いくらなんでも、走っている汽車に乗っているものに、ものを手渡そうとするのは、どうかしている。賢い母がどうしてそんな間抜けた真似をするのかわからない。とにかく

「いらな〜い！」


と叫んだ。二人の姿はすぐ視界から消えた。おじいさんが、なんとも言わなかったのか、なにか言ったのをこちらが忘れたのかわからないが、なにも覚えていない。

忘れられないのは、走っている汽車に乗っているわが子にものを渡そうとした母の姿である。きいて見ようと思っていながら、その機会がないまま、母は三十三歳という若さで亡くなってしまい、ひとり胸の中にしまっておかなくてはならなくなった。

妄想をたくましくして、母が渡そうとしていたのは、ふろしきではなく、もっと大事なことだったのではないかと考えることもあった。母は早くから自分の短命を予知していたのか、幼いわたくしに、難しいことを話した。あるときは、ひとつ違いの妹について、「お父さん似で、派手好きだから心配」というようなことまで口にした。

きいたこちらがびっくりしたが、それだけ、母から信用されていたのか、とあとから思いだした。

その妹が、母と一緒にいたのだ。きいてみれば、どうして、ふろしきを渡そうとしたのかわけがわかるかもしれない、と思いついたものの、遠くにいて会うこともすくなくその機会を何度ものがしていた。

七十歳になったとき、そうだと思いついて妹にきいてみた。幸い、妹もよく覚えていて
「あれっ！　お兄ちゃんがあそこに」と指さした手にふろしきがあったというわけで、「渡そうとなんて思ったわけじゃない……」

と笑われた(なあんだ！そうだったのか)。

ビールの泡

西村甲(まさる)は、中学の寄宿舎でいちばん親しい同級生だった。途中から入舎してきた西村は、なにかとわたくしを頼りにするところがあった。親友といってよかった。

夏休みがあけて、舎生がみんな元気なく戻ってきた。

はじめての日曜日、どうしたわけか、西村と、校内の足洗場で二人になった。いつもと違う顔をしている。わけをきいてみると、大変なことがおこっていたのである。

夏休みに入ると、舎生はクモの巣をちらしたように帰省して、寄宿舎はガランドウになる。校長が突然、寄宿舎を巡視した。舎監長を従えて、各室を見てまわった。ある部屋の寝室にビールびんがころがっている。かいでみると、におう。

さてはゆうべ飲んだに違いない。この部屋のものだろう、ということになり、急拠、会議になって、犯人の心当たりをさがすことになった。会議に出ていた理科の先生が帰ってその話をすると、奥さんが、「そりゃ、甲ちゃんだ」と言った。ワケがあった。夏休みになる前、奥さんがマチ一番の菓子屋で買いものをしていると、西村が入ってきた。西村のうちは、和歌山へ引越す前、この先生の隣りにいて親しかった。冗談半分に「こんどの日曜日、大掃除だから、手伝いに来てよ。ここの上菓子をごちそうするからサ」と、奥さんが言うのに対して、「菓子なんかじゃなくて、ビールでものませてくれりゃ行ってもいい」と応じた。奥さんは、それを思い出した。先生はさっそく校長に報告、それで犯人は西村と確定してしまった。

「フケイドウハンスグシュットウセヨ」

という校長名の電報で、父とかけつけ校長室へ入ると、校長がどなった。

「帽子の校章をとれ！」

いくら、「ボクは飲んでません」と言ってもてんで受け付けない。放校だか、退学にしてやるといったそうだ。父親が、予科練へ行かせるから、それまでは学校に置いてほしいと嘆願。校長はそれを容れて執行猶予？　となった。「オレ、首になっちゃったんだ」と西村は淋しそうに少し笑った。

わたくしは、校長を尊敬していた。それまでのすべての先生よりも学問があった。ことに禅と俳句についてくわしくて、「啐啄の機」と言ったことばをわたくしは教わった。

その校長がそんな軽はずみなことをするのが信じられないくらい、ハラも立ち、悲しかった。しかし、わたくしには、西村を救ってやる分別も力もなかった。「オレ、飛行機のりになりたいんだから、これでいい」というのを、なればいいが、と思った。日頃、動作緩慢、どこか関節の外れたところがあるみたいな西村に合格できるだろうか。予科練はそのころたいへんな競争の難関だった。

西村は、みごと合格した。天佑があったに違いない。そっと消えるように姿がなくなった。級友たちも気にするものはなかった。

三十年たった。たまたま「中央公論」の随筆を頼まれたので、西村のことを書き、まだ生きていた校長の知るところとなればと思った。

雑誌が出てしばらくして、寄宿舎で西村と同室の上級生、野村新一郎から部厚い封書が届いた。彼がビールを飲んだのだった。「長年重い鉛を胸にしていたようだったが、これでやっと、つかえがおりたような気がします」などと書いてある。県の農事試験所にいた。何となく釈然としなかったわたくしは、「せめてお墓ぐらいお参りしてやってください」と返事した。

えらそうなことを書いたが、こちらもお墓のありかを知らない。消息はまったくわからない。靖国神社で調べてもらおうと思った。

赤い袴の神職にきいた。すぐ戻ってきて、「不明です」とだけ言う。そんなはずはない。たしかに戦死している。おかしい、とねばっていると、通りすがりの男性の神職が、足をとめてくれた。彼は一、二分すると、

「わかりました。西村甲、海軍一等兵曹、昭和十九年十月〇日、南方洋上で戦死、です」

九段の坂をおりてくるとき

「オレ、飛行機が好きだから、これでいいんだよ」

という声がきこえてくるような気がした。

ビールは泡でもホロにがい。

赤い風船

とにかく気がくさくさする。じっとしていられないで、裏庭で、たまっていた紙くずを焼く(まだ焚火禁止令の出る前)。

何とか学生が、東大、安田講堂をどうとかするというので、テレビは朝から興奮している。東大から三キロは離れているわが家の上をヘリコプターが飛ぶ。

その二、三日前、わたくしの勤めている大学の正門で、学生とやり合った。顔に見覚えのあるのもいる。ピケをはって、通せんぼうしているから、はねのける。「教師は自覚が足りない」などというのをつかまえて、「キミらの言うことは、みんな借りもののセリフ。三十年しても、同じことを言えるなら、キミらの思想としてやろう」と言うと、相手の言うことがふるっている。「それまで、生きられるつもりですか」(四十年ちかくして、クラス会をした中に、そのときの学生がいて、「先生たちは、もっとよく教えてくれるべきだった」といった。未熟である)

勢いよく燃えるたき火をぼんやりながめていると、庭の隅の方に何かある。取ってみると、風船である。こちらの手があったまっていたせいだろう。しぼんでいたのが急にふくらんでビックリする。白い札がついていて二キロほど先の小学校が創立記念に飛ばせたもので、ゴム印がおしてある。こどもの名前も裏に書いてある。1の二、すぎたひろこ、としっかりした字で書いてある。よく出来る子だろうか。「がっこうのせんせいになりたい」

教師であることに自信を失ないかけていたときだっただけに、このひとことと、つよい印象を与える。

たき火をそっちのけにしてで返事を書いた。あなたの風船がたまたまうちの庭に飛んで来ました。わたくしもせんせいです、といったことを書こうとしたが、少女の簡潔な文章の手前、気はずかしくなり、ただ、「りっぱなせんせいにおなりください」とだけ書いた。しばらくは、ひょっとして返事がくるかもしれないと思ったこともあるが、とうとう来なかった。こちらも忘れるともなく忘れた。

年が改まって、来た年賀状に、見覚えのある鉛筆書きのものがあった。風船の少女からである。

　こんどは自宅とおぼしき住所が書いてある。「大文堂」とあるから書店ではないかと見当を付けて、夜の散歩でそっと見に行こうとたくらんだが、なかなか見つからない。やっと見つけたのは暗い建もので、すかして見ると、印刷会社の工場である、奥の一角に、明りのついた二階が見える。風船の少女はあそこで、もう寝ているだろうなと思い、なんとなくいい気持で帰ってきた。

　それから四十年以上になる。

今も夏には暑中見舞い、正月には年賀状をくれる。いつも短くて明快な文章である。

「うちの子が、私が風船をとばしたころの年になりました」

　この少女のことをかいたエッセイが、小学校の国語の教科書にのった、九州のある男子小学生が感想文に「なぜ、少女に会わなかったのですか」と書いた。いいところを見ている。

　わたくしは一度も杉田浩子さんに会ったことがない。それでいい、と思っている。

竹馬

「タケウマのトモって、何のことですか」

原稿を書いたところの編集部が電話できいてきた。

「竹馬はタケウマですが、友がつくと、チクバの友となります。竹馬のこと、ご存知ないでしょうね」

いまどき、竹馬を見たことのあるこどもはいないのではないか。

大学附属の幼稚園の園長に、願い出て、してもらったのはもう還暦の近いころであった。気負って乗り込んだ幼稚園は、シロウト園長によそよそしかった。こどもたちもそれを反映してか、遠くから見ているように感じられた。

ある日、どういうわけか、竹馬がもちこまれた。いばっている先生たちも、女性ばかりだから、竹馬などに乗ったこともなく、当惑している。せっかくの竹馬である。見すてにしては、竹馬がかわいそうだ。

「どれ、ボクがのってみよう」

みんな、まさか、という顔をしている。えらそうな口をたたいたものの、こちらも、竹馬で遊んだのは五十年も前のこと。うまく乗れる自信はないが、こどもたちを喜ばせてやりたかった。

クツをはいたままでは、危いが、この際、そんなことは言っていられない。乗ってみると、ちょっとよろけかけたものの、大丈夫だという気がする。数歩、動いてみる。

こどもたちがワーッと声をあげた。「スゴイ」という声も耳に入る。これでじいさん園長を見直したらしい。こどもたちの見る目がかわった。

昔の男の子で竹馬に乗れないのは一人前でなかった。どこのうちでも父親がつくってくれるのだが、うちの父は、会社づとめで、竹馬をつくる才覚がない。ほかの子が竹馬にのってかけまわるのを眺めていなくてはならなかった。父もなんとかしたいと思っていたのであろう。

小学校の運動会に、父は勤めを休んで、見にきた。竹馬競争が目当てだったようで、一番でゴールに入ったこどもに目をつけ、交渉した。その竹馬をゆずってもらうことにした。

六銭　その子に手渡した。どうして五銭でないのか、こども心にも不思議だったから、あとあと忘れることがない。

竹馬を買ってもらって、やっと普通の子になって、近所の仲良し同級生のタケシくんと竹馬の遠出を楽しむようになる。

フナのいる小川も、竹馬なら、軽く渡れる。小さな溝など、ひとまたぎ。大人を上から見下ろすのもいい気分である。

竹馬にのったタケシくんが、

「オレ、エンヨウギョギョウの船長になる。オマエはキカン長にしてやらア」

という。遠洋漁業などということば、だれから教わったのか知らないが、同級生を部下にするというのが、ちょっとおもしろくなかった。こちらの竹馬がつまづきかけた。

タケちゃんは、遠洋漁業ではなく、海軍に入って、戦争がはじまると、南方洋上で戦死してしまった。

竹馬やいろはにほへと散り散りに
久保田万太郎

モモタロウ

「モモタロウを知っていますか？」

壇の上のおじさんが、きいた。われわれは校庭に集って、おじさんを見上げた。片田舎の小学校で、講堂がない。全校児童が話をきくのは、いつも校庭であった。もちろん、マイクなどというシャレたもののない時代、よほど大声でもきこえないだろうが、そのころのこどもは耳がよかった。きこえない声をきくことができたのだろう。おじさんの声はよく通った。

「モモタロウを知っていますか？」だって？　いくらこどもだからといってバカにするな、モモタロウくらい知らないでどうする。小学四年だったわたくしはうっすら反発した。すると、おじさんは、

「どうしてモモタロウがえらかったのか、知っていますか？」

冗談でしょう？　そんなこと、きいたことがない。モモタロウはえらいにきまって

いる。

なぜ？　ときくのはおかしい。わからないにきまっている。

おじさんは、ゆっくり、モモタロウのすぐれているところを話してくれた。こども心にもこのおじさん、そんじょそこらのおじさんとは、違うということが、うっすらながら、わかってくる。

モモタロウは、サルとイヌとキジを家来にした。サル、イヌ、キジは、もともと仲がわるかった。ケンカばかりしていたのを、モモタロウがケンカをやめさせ、仲よく、鬼が島の征伐に行って、鬼をこらしめることができた。モモタロウがえらかったのである。

こどもの頭には、よくわからないながら、話には〝ナゼ〟ということがあることをチラリと教わった。

話の前に教室で担任の先生から、オガサワラサンクロウ（小笠原三九郎）という先生の話をきくのだと言われていた。そんな名前をこどもが知るわけはないが、あとで小笠原三九郎さんは、その地方選出の代議士だったことを知る。

かけ出しの代議士で当時はまだ若かったはずだが、こどもには、人はみんな、おじさん、おじいさんであるように思っていたのである。このおじさんは、三十年すると、なんと大蔵大臣になって、かつての小学生をおどろかせた。

小笠原さんの〝なぜモモタロウはえらいのか〟という話は、いつまでも心にのこった。そして、自分なりの、〝ナゼ〟を考えて、我流の解釈をもつようになった。

まず、なぜ、おばあさんが、洗濯に行った川からモモをひろってきたのか。これは本当に洗濯に行ったのでもなく、モモをひろってきたわけでもないのを、こういう風にたとえて言ったのだ、と考えた。

昔、昔のこと、近親結婚、同族結婚はむしろ自然であった。それはいいが、不幸なこどもが生まれる。かわいそうな障害をもったこどもが生まれる。どうも似たもの同士が結びつくのがいけないらしい。新しい血を入れなくてはいけない。

となりにもモモはなっているが、よそのモモがいい。よそもの、流れものは、そこいらにころがっているわけがない。川を流れている、その流れもののモモを迎えるのである。おばあさんは嫁えらびに川へ行くのである。

モモはたべるとおいしいが、くだものではないモモがある。人間のモモは、おなかで、そこから、赤ちゃんが生まれる。(ヨーロッパでも、こどもはモモから生まれると考えた。聖書にも、モモ(l o i n)より生まれしもの、という語句を散見する)

モモタロウ話の作者?　はいち早く、遺伝、優生学を予言していたことになる。よそものの腹から生まれたモモタロウは気はやさしくて、しかも力もちになる。

長ずるに及んでモモタロウは修業に出る。サル族、イヌ族、キジ族がケンカばかりしている。これを和平に導くにはリーダーが個々との間で信頼関係を築く。それにはキビダンゴがものを言う。同じボスに従うものたちは内輪もめをおこすことはできない。争いが終息、安定と和平がおとずれる。凡庸なリーダーならそれを手柄にして威張るだろう。

モモタロウは違う。ケンカしていたのが仲よくなったのはいいが、リーダーがうるさい、いなければいいと考えるおそれがある。クーデターを起こさせるのはリーダーが愚であるからだ。モモタロウは、それを防ぐために、強敵をつくる。悪の鬼をやっつけないといけない。うかうかしていると、やられる。こちらから攻めていこう、鬼が島征伐だ。戦に勝って大手柄を立てる、という次第。

　モモタロウは政治的にも天才だったのである。

――というのが、わたくしの、モモタロウ、ナゼ？　の答えで、まとめるのに三十年はかかった。

　かつて、吹きざらしの校庭で、小学生に、モモタロウはなぜえらいのかという話をした小笠原三九郎さんも、政治家として、モモタロウの解釈をして、それに学ぶところがあったのであろう。

時計がひとつしかない

「うちには時計がひとつしかありません。お父さんがもって出ると、お母さんは時計なしです…」

先生が、奥山光男の作文を読み上げたが、クラスで、わけのわかるのは、書いた本人しかいなかったであろう。農家で、柱時計のあるうちは少なかった。昭和ヒトケタの時代である。時計をもって出る？　ってなんだ。お母さんに時計がいるのか。小学生の頭が混乱する。奥山光男のいう時計は、懐中時計のこと。クラスでほかに見たことのあるものはなかったから、わけがわからない。それだけに、何十年たっても忘れないのである。

柱時計のあるうちは、玄関から入るとすぐのところに、これ見よがしに柱にかけた。それで柱時計という。文字盤にローマ数字でⅠⅡⅢⅣⅤⅥⅦ…ⅩⅪⅫと刷りこまれていた。これが、読めないから、女の人は大人でも、「いま何時ですか」といちいち、男の人に読んでもらうのだった。

そんな時代、そんな土地である。ウオッチ、つまり懐中時計を見たことのあるものはなかった。電車の車掌は、そのころでも、アメリカ産のウオルサム時計を支給されていたが、運転台に興味をもつこどもたちも、見たことのないウオッチを認めることはなかった。

町を軽便鉄道のような電車が通っていた。もちろん、時刻表もあったが、注意する人はない。どこかへ行くにしても、何時の電車に乗るというわけではない。ふらりと出る。線路沿いが近道だから歩いていると、後ろから電車が来る。電車と競走。もちろん、かなうはずがない。電車はすでに駅に入っている。

「いま行くから、待っとくれ！」

と叫ぶ。すると、電車はおとなしく待ってくれる。乗りそこねたら次の電車は一時間後である。

駅の時計はときどき止まっていたが、気にする人もなく、なかなか動かない。いかにものんびりしていた。

こどもたちに時間の観念はない。学校の始業時間がきまっていたはずだが、そんなものを知っている子はいない。大人だって、知らなかった。みんな見当を付けて、学校へ行く。みんな誘い合わせていくのだが、めったなことでは遅刻しない。休むこともなく、年間皆勤で賞をもらうものがクラスで何人もいた。

学校から帰ると、カバンをほうり出して、みんなで遊んだ。その頃はチャンバラが人気で、細い青竹を刀に見立てて、斬り合いをする。おもしろくもないが、いつまでもダラダラ続ける。あたりがうす暗くなると、方々の家から木魚の音がきこえる。悪童たち、急に神妙になり、声もなく散って消える。

時計の奥山くんは、いちどもチャンバラをしたことがなかった。マチにひとつしかない医院で、そこの御曹司だから、下々の乱暴な遊びをとめられていたのであろう。男子のくせに、皮膚が女の子のようにきれいで細い血管がすけて見える。女の子より女らしかった。ほかのこどもは名前を呼びすてにして、たけし、のぼる、いちろう、などと言っていたが、奥山は格別で、〝みっちゃん〟と女の子のような呼び方をした。実際、少年というより少女といったほうがいいくらいだった。

わたしは、小学四年のとき、となりの大きなマチの小学校へ転校したから、その後は奥山くんに会うこともなかった。風の便りの噂をきくということもなかった。中学も別々だったが、もとの小学校同級で中学へ行ったのはたった二人だったから、なんとなく様子はわかった。

あまり成績は振るわなかったらしい。うちが開業医だから、ひとり息子が医者になる必要がある。そのころは医学校の評価が低く、戦後のように難関ではなかったが、それでも奥山くんは入るのに苦労したらしい。浪人したりして、大阪の小さな私立の医学専門学校へ入ったという話をきいて、それはよかったと思った。

医師になるためには国家試験に合格しなくてはならないという法律ができた。その第一回の試験を奥山くんは受けた。心配した人が多かっただろうに、彼はみごと合格したのである。すでに両親は亡く、となりのマチの病院で副院長をしていた伯父が親がわりであった。

奥山くん、合格の知らせを受けて、伯父さんのところへ飛んで行った。クルマのない時代で自転車である。その帰り路で、彼は命をおとした。見通しの悪い坂道の途中を踏切りのない電車の線路があった。それまでにも事故が起こったことが何度もあって、魔の踏切りとされていた。奥山くんは、五年間、そこを通って中学へ通学したのだから、その危険はよく知っていたはずである。電車も通る前に警笛を鳴らす。その日も、鳴らしたに違いないが、天にも昇る気持だった奥山くんの耳にはきこえなかったのであろう。一時間に一本しか通らない電車に激突してしまった。

ずっと長い間、いたましい悲劇のように思っていたが、年をとってきてすこし気持が変ってきた。あたら尊い命を奪われたのは、いたましい限りだが、かりに、生きていたとしても、あの日のような高揚感を覚えることは二度となかったかもしれない。奥山くんは、人生でもっとも輝いたところで命を落した。戦争で死んだ同級生のものと比べたら、目ざましい最期だったのかもしれない。

そんな風に考えるようになっているが、どういう時計をしていたかが気になることがある。「うちには時計がひとつしかありません……」という作文はそれくらい大きな印象を与えたのである。

山里の風

海岸の近いところに生まれ育った。

〝千里　寄せくる海の気を吸いて童となりにけり〟

をうたって遊んでいた。海の気は、千里の沖から吹いてくるのではなく、いつも磯くさかった。

見渡すかぎりの平野で、いちばん近い三ケ峰山は
〝三ケ峰、三里、四里近い〟

と土地の大人たちがいう。いつも、うっすらモヤに包まれて、淡く青かった。こども心に、登ってみようなどと思ったことはない。山は遠くにありて眺めるものだった。

九州の南、宮崎県の山深きところへ講演に行って、前の晩、泊った。

朝になって、あてもなく、散歩したくなる。山道の散歩は初めてで、なんとなく心

がはずむ。山道とはいっても、ちゃんと舗装してある。向うから登校の小学生が来る。ずいぶん早いが、山の学校は早起きなのだろうか、などとあらぬことを思っていると、

「おはようございます」

と小学生があいさつした。見ず知らずの風来坊に、あいさつするはずはない。ふざけているのかと思うことのできない真面目な顔をしている。

よそから来た人らしいから、表敬のつもりであいさつしたのかもしれない。すると、こんどは中学生らしいのがやってきた。それがやはり、

「おはようございます」

と言うからびっくり。生意気ざかりの年ごろである。知らないよそ者に、挨拶するというのは、現代の常識では、ありえないことである。

これは、あとのことだが、村長さんに会ったから、小学生も中学生もあいさつをするのでびっくり、感心したことを伝えると、村長すこしもさわがず、「村では、あいさつをする運動をしていますので……」とあっさりかわされた。

宿へ帰ると、朝食が待っていた。ご飯がアワご飯であるのが珍しかった。はじめて

たべる。

アワ餅は、その十年くらい前から、中学のときの同級生が恩に着せて、毎年、年の暮れに送ってくれ、すっかりトリコになっていたが、アワご飯ははじめてである。食べてみると、たいへんおいしい。アワ餅以上かもしれない。

アワ餅を送ってくれていた旧同級生はアワを手に入れるのが難しいことを教えた。アワといっても小鳥にやるのと人間様の食べるのとでは種類がちがう。小鳥用アワは需要があるから、農家が作る。人間用？　は人気がないから作る農家はなくなりかけている。この餅のアワも、一年前に、農家に予約してあったものだ。そういう講釈をつけて、しかし、毎年送ってくれた。たくさんだから親しい人にお裾分けして喜ばれていたが、あまり年をとらないうちに亡くなってしまった。それでアワ餅との縁も切れた。

宿のアワご飯に感激して、そんなことまでしゃべってしまった。ニコニコしながら聞いていた宿の女将が、

「うちでは毎年、年の暮れに、アワ餅をつきます。お送りしましょう」

と言うから恐縮する。そんなつもりで言ったのではないが、まずかったかなと思った。しかしいまは新緑の候、青葉の光る季節である。年末になれば、アワ餅のことなんか忘れてしまうだろう。いっそその方がありがたい。

そのあと村の集会所へ行って話をした。その前に、一同の村歌合唱があったが、村歌は〝ふるさと〟であった。

〝兎おいしかの山、小鮒つりしかの川〟

をきいていて、昔、中学の寄宿舎でいっしょだった山の子たちが、よくこの歌をうたったことを思い出した。われわれ海彦は〝我は海の子……〟、彼ら山彦は「兎追いし……」を交代にうたった。

その山彦たちが、山はいい、平和で安全だと威張った。

朝、出てきて、途中で、いらないものに気づくと、道ばたに置いておく。夕方、帰るときにもって帰る。だれもとっていくようなものはいない。そんなことを自慢して、うらやましいように思ったが、兎追いしを歌っているこの村びとたちは、見ず知らずのよそものに、きちんとあいさつする。

山里の風はさわやかである。

みかん

「あのみかん、とらせていただけませんか?」チャイムを鳴らして入ってきた若い女性が言う。幼い子をだいている。

「この子にみかんをとる経験をさせてあげたくて……」

とっさに、ハラが立った。何を考えているのか、こどもにいろいろなことを教えたいのはいいが、こんな幼い子に、よそのうちのみかんをとらせていいと思っているのだろうか。

「うちでも、とらずに、大事にしているところです。おことわりします」

若い母親もはらを立てたのだろう。ドアを乱暴にあけしめして消えた。

このみかんの木にはすこしばかりわけがある。おろそかにしてもらっては困る。

その昔、ざっと、五十年くらい前のこと、静岡で講演をした。帰りに向うの人が記念になるからと、みかんの苗木を二本くれた。

日当たりのよさそうなところへ植えた。知人が東京ではミカンは育たない、と言うから半ばあきらめた。その人の言う通り、毎年、花はつけるが実にならない。昔の人が、浜風三里、と言った。みかんの適地のことである。地図をひっぱり出して、はかってみると、東京湾の北限とうちの当たりまでの距離は十キロ弱である。浜風三里（十二キロ）の範囲内である。うまく育つかもしれないと希望をいだく。

うちのみかんは発育がのろい。十年たっても、実をつけない。やっぱり駄目か。十五年たったころから、小さな実をつけるが、色づく前に落ちてしまう。

ある年の春、庭に出ていると、郵便配達の青年が「みかんの花の香りがします。くにを思い出します」と言う。きいてみると静岡の出だった。わたくしはそれまでうちのみかんの木の花の香りが外まで匂っていることを知らなかった。いい香りである。

そのころからみかんが落ちず、とまって大きくなるようになった。年々、大きくなっていくようでたのしみにした。

食べてみると、やはり甘みが足りない。郷里で果樹園をしているのに会ってそのことを話すと、肥料になにをやっているか、というから、そんなものやったことがない、と言うと、そんな乱暴な話はない。みかんがかわいそうだと言う。それはそうかもしれないが、なんとなく、肥料をやるのがいやだった。うまくなくてもしかたがない。自力でやってくれ、というような気持で放っておいた。

それでもみかんは努力したらしい。

年ごとに甘くなっていく。このごろでは、うまくはありませんが、などといいわけをしないでも、ひとに上げられるようになった。

なにしろよく実をつけてくれる。

二本のうち、日当たりのいい方など、数えてみたことはないが、百個どころではないように思う。

店先にみかんが並びはじめても、うちのみかんは、そっとながめるだけ。少しずつ色を濃くしていくのをながめてたのしみにしている。

そんなときである。はじめの親子があらわれた。あとになって考えると、なにも、あんなにハラを立てなくてもよかったような気がしてくる。もっとあとだったらよかった。

十二月になってもなおとらないで、ながめてたのしんでいる。濃い緑の葉の間から大ぶりのみかんが鮮やかな色を見せる。わたくしは目がわるい。よく見えない目で眺めると、みかんは、花のように見える。誇らしい気持になる。まだまだ、とるのは早い。

そうしていると、年を越す。みかんはいよいよ存在を明らかにして鮮やかで、日に何度も庭へ出てながめる。郷里の友人が、いつまでも実をつけたままにしておくと木が弱る。そんなにながくほっておいてはかわいそうだといったことばを思い出して摘果を決心する。

とるのなんかなんでもないようだが、やってみると、いつもながら、しばらくつづけていると、うんざりする。外からは見えないところにもりっぱなのがなっているが、うまく手がとどかない。やれやれと、腰をのばす。

そして、〝みかんとらせて〟の親子を思い出す。いまなら、どうぞ、どうぞ、いくらでもおとり下さい、と言えるような気がする。あの親子、運が悪かった。

焼き芋

ヨーロッパへ留学して、チェコスロバキア人の女性を奥さんにして帰ってきた知り合いの学者がいる。

あるとき、笑い話だが、と言って話してくれたことが忘れられない。

東京へ来てまだ間もないとき、奥さんが留守番をしていると、たいへんな音がする。外は暗い夜である。こんな時刻にこんな大音響はおかしいと思うと同時に国を出るとき母親から言われたことを思い出した。「日本は地震が多いから注意しなさい。大きな音がしたら地震だから、すぐ外へ飛び出すように……」

これはその地震にちがいない。

外へとび出してみると、あたりは静まり返っている。ただ、すこしさきに、赤い灯が見える。警戒に出ているのだろうか。

帰ってきた夫に話すと、焼き芋の屋台だといわれて、また、びっくり。もの売りが、夜になって、あんな大きな音をさせて、どうして、みんな黙っているのだろうか、ヨーロッパならそれこそ騒ぎになる……。

そういう知人の話をきいていて、わたくしは、大音響のことより、焼き芋のことが気になった。そのころは、まだ、焼き芋売りがマチを流していたのが、なつかしかった。

やがて焼き芋売りは姿を消した。売り子のなり手がないのが理由のひとつらしい。大声で売り歩くなどおことわりと若い人にきらわれ、人件費がかさんで、商売にならない、というらしい。

それよりも大きな理由は、人々が焼き芋を昔ほど好きでなくなったことであろう。ことに女性は芋好きであったが、〝いもねえちゃん〟などということばもあって、ケーキへ移ったようである。焼き芋派のわたくしはなんとなく淋しい思いである。

先年、郷里の小学校の同窓だった連中が、それまで一度もしたことのない同級同窓会をするから、出てこいと電話してきた。

「庭先きで焼く芋が食べられるなら、万障くり合わせて出席するが……」

というと相手は
「いまは、モミ殻は処分して、残っていないから、焼き芋はわしらも食べられない。うまかったネ」

わたくしたちが小学生だったのは。昭和のはじめである。どの農家も、刈り入れた稲の脱穀を庭先でした。そのモミ殻が、庭先で山のようになると、これを焼いて肥料にするのである。その前に、となり近所へふれてまわる。「明日、モミ殻を焼くから芋を焼いて……」

近所の人がバケツに芋を入れてもってきてモミ殻の山の裾へもぐらせる。ゆっくりかすかな煙を上げて焼けるモミ殻は、すばらしい焼き芋をつくってくれる。夕暮どき、とり出した焼き芋を二つに割ると白い湯気が立つ。半日以上かけて焼くというより、むし焼きしたサツマ芋は、なんとも言えない美味である。

そういう日が重ならないように、農家は日をずらせて、モミ殻焼きをした。それで、何度も焼き芋ができた。

わたくしは、中学校のとき、寄宿舎にいた。そのころ、寄宿舎のある中学はすくなく珍しかった。一般の通学生の知らないことをいろいろ経験した。もちろん、失敗もある。焼き芋事件はそのひとつ。

わたくしが五年生のときである。夕食がすんで、部屋の下級生と打ちそろって校庭へ出た。何をするという当てもなかったが、食後のブラブラである。

見ると、校庭のまん中で、枯れ草の山が煙をくゆらせている。夏休み明けに、全校生徒でとった、夏草が乾燥したから、焼いているのである。

それでとっさに焼き芋をつくろうと思ったわたくしは、下級生を動員して、焼き芋つくりをはじめた。学校の農場の芋を掘ってみるといかにも貧弱である。となりの農家のりっぱな芋を失敬して来て、乾草の山の裾へはわせる、これで、二時間の自習時間のあと、ホカホカの焼き芋を頂戴できるといって引きあげた。

自習時間を終えて行ってみると、水がかかっていて、固い芋がごろごろしている。おかしいと言い合っていると、作業の先生が飛び出してきて、〝ご用！〟となった。

われわれは、セツ盗、放火未遂ということになって、退学は免がれまいと言われた。

わたくしは最高学年で、いちばん罪が重い。ひょっとすると放校かもしれないと面白半分に言うのもいた。

舎監長の先生が、どういうわけか、親身も及ばぬ苦労をされたらしい。おとがめなし、という信じられない結末になった。学校の図書室に呼び出されたわたくしは、舎監長の先生の前で、型どおりの始末書を書いた。

先日、行きつけのスーパーの店先で、焼き芋を売っていた。茶封筒に一本一本入れてあって、中身が見えない。電気で焼いたものであろうか、どうも信用できない。買わずに帰る道すがら、モミ殻の焼き芋の幻を追った。

ちらし寿司

年をとってから、炊事をする必要が出てきて、緊張したが、やってみると、食べものをつくるのはたのしいということを発見したのは、思いがけないことであった。食べものに不自由した戦中、戦後に育った人間である。空腹になったら、何でも手当りしだいに食べる。自分で作る。腹をすかせてつくるものは格別である。胸はおどらせなくても、腹はぺこぺこである。なにが出来ても、うまくないためしはない。食べものが自由になると、うまいものが食べたくなる。まず、中華料理がおいしいと思うようになる。濃厚な味は日本食にはないもので、一時期、これほどうまいものはないと思った。気取ったフランス料理など、どこがおいしいかと思った。

ひところインドのカレー料理をおいしいとおもって、名店へ通ったこともあるが、やはりあきる。ゲルマン系諸国には料理といえるものなし、スラブも問題外、ときめて、日本の家庭料理を見なおすようになる。

料理の出し方が気になった。洋食は、コースで、順に料理の皿が出てくる。肉の料理を食べるときに、魚も食べてみたい、などという気をおこしてはいけない。肉に専心する。魚になったら、魚に集中、余念があってはいけない。いかにも窮屈、不自由である。

そこへ行くと日本料理は自由である。

お膳の上に諸品が勢揃いしている。煮物のとなりに焼き物がある。おしんこのようなものを途中で箸をつけてもとがめられたりする気遣いはない。

弁当は、お膳のようにはいかないが、いろいろの品をいっしょにするところは変らない。幕の内弁当を見ると少なくとも、七、八品がひしめいているように見える。どれから箸をつけようか、ちょっと迷うのもたのしみである。サンドイッチだけの弁当を見るとあわれになる。いろいろなものをいっしょに食べるのならはじめから、ごった煮にしたらどうかというので始まったのが鍋ものである。

アメリカの有力週刊誌がかつて「日本へ行ったらナベとある料理を注文しなさい。安くてヘルシーなこと請合い……」と書いた。アメリカ人はいち早く日本食の複合性のよさを認めていたのである。

相撲部屋のチャンコ鍋は有名だが、男の料理として最高である。栄養も満点。わたくしもよく鍋ものをする。タイチリ、タラチリ、石狩ナベ、鳥の水たき、などなど。スキ焼きも具を多くすれば、鍋料理である。牛肉のもっともおいしい食べ方であると思っている。アメリカ人は牛肉が醤油とよく合うことを日本から学んだようだ。

そのアメリカで近年、すしが人気である。にぎりである。もちろん、おいしいが、見ている前で、手でにぎる、というところが、日本人の美感にひっかかる。食べるものを手づかみするのは世界的だが、日本は中国などと同じく箸をつかう。直接、食べものに手を触れるのにひっかかる。上品でない。清潔でない。にぎり寿司は、比較的、あとになってあらわれたもので、もともと、寿司は、にぎったりすることはなかった。

わたくしは、自分で料理のまねごとをするようになって、幕の内弁当のような寿司はできないかと考えていて、なんだ、ということに思い当った。

ちらし寿司だったら、いろいろな具をまぜあわせてある。幕の内弁当のように、あれをたべようか、これにしようか、などと考える面倒がない。

わたくしは家庭料理として作るちらし寿司だから、具は八種類くらい。それに紅ショウガと焼きのりを加える。具を変えればもちろん味もかわるが、どんなものを入れてもうまくならないことはない。味のオーケストラみたいで、奥のふかい味である。すこし手間はかかるが、ちらし寿司の味は格別である。そう思うようになってから、心なしか、にぎり寿司が以前ほどおいしいと思わなくなった。

ちらし寿司には論理がある。このごろそう考える。多元的、複合的、調和的なところは日本文化を代表するようにさえ思われる。

味噌のいろ

書家の続湖山さんにはじめてお会いしたときである。

お互いに三河の出であると知ると、おもしろそうな顔でいわれる。

「味噌汁はどうしていますか。うちでは、なかなか大変でした……」

奥さんの出身が違って、三河の赤味噌になじみがない。かなり長い間、別々にふた色の味噌汁をこしらえたという。やがて奥さんが折れて赤味噌になった。

そういうことは、あちこちにあるのだろうか。たかが、味噌とはいっていられない。

わたくしは、こどものときに味噌でショックを受けたことがある。

小学六年のとき、修学旅行で伊勢神宮参拝をした。一泊した宿屋の朝食に変な色の水があって、それを味噌汁だと言われて、みんなびっくり、声もなかった。こんなにまずい味噌汁は食べたことがない。色がきたないだけでなく、味がさっぱりで、子どもながらでも呑みこむのがためらわれる。われわれの修学旅行の最大の収穫は、よそには、変な味噌汁があるということを知り、三河味噌がすばらしいことを知ったことである。

うちの本家は、ちょっとした味噌、醤油の醸造元であった。義理もあって、そこの味噌を使っていたが、父が言うには、うまくない。それでこっそりほかから味噌を手に入れて使っていた。まずいといってもれっきとした三河味噌である。伊勢のに比べれば、月とスッポンだとこども心に思ったものだ。

まわりの農家は、〝ウチミソ〟を自製した。家々によって、多少、味は異なるが、どこのものもみんな自慢にした。

集落の集会があると、前もって、米を集めて、当日、大釜でたく。同じくらいの大釜で、豆腐と油揚げの味噌汁がつくられる。味噌は当番の家が供出する。二つ三つ混じることもあったようだが、この味噌汁が天下一品においしい。元気のいい人は、それだけで、何回もご飯のおかわりをする。わたくしもときには出席したが、この味噌汁がたのしみであった。

やがて、わたくしも所帯をもつことになったが、相手は九州の出身である。味噌汁は変な色をしているが、こんなことでモメてはと思ってがまんしていた。

様子を見に、田舎から父がやってきて、朝の味噌汁にショックを受けたらしい。わたくしだけになったとき「こんな味噌汁を食べさせられているのか」と情けなさそうに言った。

帰っていった父は、さっそく岡崎の八丁味噌から、味噌を送ってきた。一カ月分だから小さな包みだが、それから毎月、送られてきた。いやおうなしに、赤だしの味噌汁になって湖山さんのような苦労はなかった。

父はそれから二十年くらい生きていたが、毎月の味噌の包みは絶えたことはなかった。

桑の実

こどものころ農村で育った。

昭和初年の大恐慌の末期で、どこの家も貧しかったが、その割に明るい雰囲気だった。みんなでする苦労だから、苦にならないのであろう。

こどもも楽ではない。両親が野良へ出ると、みどり子のせわをするのは、学校へくる上のきょうだいだ。女の子より男の子の方が、子づれが多かったのは不思議である。

授業中に赤ちゃんが泣く。こどもは赤ちゃんをつれて教室から出ていく。おむつをかえたりするらしい。やがて、すました顔で戻ってきて授業を受ける。それを見ている先生もつらかっただろう。友だちも、ひとことも子守りには触れない。そっと見て見ないふりをする。心やさしい子たちだった。

ひるになると、クラスの半分以上が姿を消す。弁当をもってこなくて、うちへ食べに帰るのである。ひとに見られて恥かしくないような弁当をもたせられない家庭が多かった。もってきても、おかずがない。ご飯のまん中に梅干しひとつ入れてある。日の丸弁当といった。それすらもってこられない子がいたのであろう。家へ帰ってなにを食べたのだろうか。こどもだから、そんなことまでは考えない。

上級になると、ひるになって、学校からは消えるが、うちへ帰らないらしい友だちがいるらしいことを知る。

うちへ帰っても、だれもいない、もちろん食べるものなどない。しかし、教室にいることはできないから、校門を出て、すこしばかりうちの方へ歩いて、わき道へそれる。ひるをすごす場所へ行くのである。

ころを見計らって、なに食わぬ顔して、教室へもどる。遅刻したりはしない。涼しい顔で午後の勉強をする。腹いっぱい弁当を食べたこどもは、居眠りをしたりするが、欠食児童の頭は冴えている。成績だって悪くない。

昼抜きのこどもは、そっと、ほかの子に知られないようにしていたし、ほかのこどもも、なるべく知らん顔しているのがいいのだ。そういうことをだれ教えるともなく、めいめい心得たのは、後年、思い出してみても、さわやかである。人の性、善なり、と思うのである。

いつもおなかをすかせているそのころのこどもたちが、初夏になると目をかがやかすのである。

学校の帰りがたのしみで、うきうきする。桑の実が色づき始める。学校の帰りに、道草をくって、桑の実をたべる。仲間二、三人と目当ての桑畑へ入る。もちろん見つかれば叱られるのだが、ひるさがり桑畑をうろうろしているトンマな人はいないから安心である。

その地方は養蚕がさかんで、農家ならどのうちも蚕をかった。農作物に比べてカイコの作るマユはいい値で売れ、貴重な現金収入をもたらした。蚕のことを呼びすてにしてはいけない、というのだろう。どこのうちも、〝おカイコさん〟とさんづけで呼ぶ。こどもだって、〝おカイコさん、〟に一目おいていた。

蚕のため、あたり一面、農地の大半は桑畑で、鮮やかな青葉を茂らせる。そのかげに実がつく。根本にちかいところから、だんだん上へあがっていく。上の方が、こどもの背丈くらいの高さで色づくと、いちばん下は濃紺で黒く見える。これがうまい。

大雨のあとだったりすると、はね返しの土がついていたりするが、かまってはいられない。砂はペッペッと吐きだせばいい。桑の木の下を這うようにして、実を食べてすすむ。向こうへつくと折り返す。すこし大きな畑だと、往復しないうちに、ハラ一杯になるのである。その間、夢中、われを忘れる時間である。

かつて、同僚だったアメリカ人に、この桑の実の話をしたら、彼はたいへん喜んで、日本へ来てきいた話のうちでいちばん心にしみる、と言って、自分のこどものころのことを話してくれた。少年の日の彼は、初夏になると、木にのぼって、サクランボをとって食べた。あんなたのしかったことはないと顔を輝かした。二人で少年の日をたたえて意気投合した。

どうしてかというほどのことでもないが、われわれの通った小学校では、桑の実を目の敵にして、たびたび注意した。食べすぎておなかをこわしたのがいたのかもしれない。われわれはそんなヤワではない。心配ご無用である。しかし、学校では朝礼のとき、いちいちこどもの口をのぞく検査をする。前の日に桑の実を食べたものの歯間に色が残っているのである。注意されるのはうれしくない。

存分に桑の実を食べると近くの小川へ行って、ドロを口の中へ入れ、ゆびでこする。川の水ですすいで、もういちど、色消しをする。

互いに、消えたか、まだか、とやっていると、日がくれて、あたりが薄暗くなっている。

水のみ

すいた電車にのる。向い側にきれいな若い人がいる。と思うと、彼女はペットボトルを取り出して、ラッパ飲みにゴクリゴクリ、水を飲んだ。すっかり興ざめる。どこか動物的な感じである。目をそらして、外の景色を見る。

水分補給を小まめにしなさい。医者が言うのを忠実に守っているのだそうで、それならイジラシイが、人前であられもないところを見せるのは、たしなみに欠ける。動物的なことは、人目につかないよう、こっそりするのが床しいのである。人前で飲み食いをするのはあさましい。歩きながらリンゴをかじっている人間を外国映画で見て、昔の人はいやな気がしたものだが、いつのまにか真似るものがいる。

それに水を飲むというのが、おもしろくない。酒はいい、お茶もいい。しかし、ただの水を飲む貧しさはいただけない。飲むなら、人の目のないところで、そっと飲んでほしい。

マラソンがテレビで放映されるようになっておどろいたのは、選手が、ところどころで水を飲む。給水所があって、予め飲むものを用意しておくらしい。そこへ来ると、選手は走りながら自分の飲みものをとって飲む。空いたボトルを投げすてて走っていく。

はじめて見たとき、なんて見苦しいこと、と思った。マラソンを生甲斐にする人たちである。途中、給水しないと倒れるのだとしたら、プロが泣く。わたくしはそう思った。

わたくしは昔の田舎中学で学んだ。おもしろいことに、野球を禁止して、サッカーを校技とし、別にミニマラソンを全校で走った。

一年生は五キロ強、二、三年は七キロ、四年と五年は十キロ強。毎日、走る。そのため、五十分授業を五分短縮して、時間をかせぎ、早く授業を終る。全校生徒が、白いシャツとパンツで校庭に勢揃い。五十を過ぎた頭の光る校長も同じいで立ちで走る。これを春、秋五十日くらいづつ続けた。

帰りのコース、学校が遠くに見えるころがいちばん苦しい。それまで頑張っていた先生がおくれ始める。それを抜くとき、日ころは荒くれの生徒が、かすかに、会釈してゆくのである。

そういう長距離走を五年間したおかげで、どれくらい心身がたくましくなったか知れない。

走る前に水を飲むものはなかった。水を飲めば汗が多く出る。汗を出せば疲れるといった理屈でもない理屈を信じていたのである。わたくしが在学した五年間、このミニマラソンの事故はゼロだった。脱水症状とか熱中症もなかったから、やられるわけがない。日射病というのはあったらしいが、やられるのはとくべつの虚弱者だと思っていた。

いちばん進んでいたのは農家だったかもしれない。一日、野良ではたらく人は、一升ビンに水を入れてもって行った。ときどき、飲むのだろう。気の毒に、と農家でない人たちは同情していたのかもしれないが、農民は、「水のみ百姓」と自嘲ぎみに言っていた。

一般の家庭でも、生水を飲むのは、いくらかはばかられた。客にはお茶を出すのが常識である。

戦後、アメリカの風俗が入ってきて、飲食店がコップに水を入れて客に出すようになってひどくアメリカを軽蔑した。イギリスから来た作家が、朝日新聞の講演をすることになったとき、壇上の水はどういう水かと、講師(J・B・プリーストリー)がきく。主催者がただの水だ、と答えると、講師がそれでは講演しない。ミネラル・ウオーターにしてほしい、と注文。その場にミネラル・ウオーターを知る人がなくて大騒ぎになった。水を飲まないのはさすがだと、知識人たちが感心したというのはお笑い草である。

ヨーロッパの人がただの水を怖れるのは、そのために人口半減という疫病にやられた苦い経験があるからである。地下水はネズミによって病原菌に汚染される。生水は危険。ネズミによって、けがされない鉱泉はヨロシイ。ブドウなどからつくるアルコールもよいとなったのである。

アメリカへ渡ったヨーロッパ人がもっていった酒がなくなったが、酒造の技術がない。やむなく、恐る恐る生水を飲んだが、これが案外、おいしい。アメリカ人の発見である。

日本人はアメリカ風に水を飲むようになったのではない。熱中症などの予防に、水分補給が必要だと医師が言い出したためであるかもしれないが、にわかに水のみ人間がふえた。旧式人間であるわれわれは、そんな話は歯牙にもかけなかった。こどもは家族のお茶にもつき合わない。もちろん酒もビールも口にしない。それでけっこう健康であったのである。ことに年をとると、酒のみより概して元気である。われわれのこどものころ日本人は意識しないが〝水のみ人間〟だったことになる。

先日、いつもしている血液尿検査をしたら、ほんのすこし蛋白が出ると言われてショックを受けた。そのほかの四十七項目はすべてノー・コメント、つまり正常値の範囲にとどまっている。血中酸素の数値は九七で、主治医よりもいい数字である。それだけに蛋白が出たというのは重大事件であった。

医者からは、これは、やはり水分不足のせいでしょう。せっせと水をのんでくださいといわれた。命長ければ辱多し、と昔の人は言ったが、どこかバカにしてきた水のみをせざるを得なくなって、心境、ちょっと複雑である。

水は水くさい。

ボルスアリーノ

朝早く、まだ、床の中でぐずぐずしていると電話。こんな時間に、と思って出てみると米澤新聞の社長だった。もちろん未知である。

「あなたの書かれた〝山の宿〟という文章をうちの新聞に転載させてもらえませんか」

どうぞ、と言うと
「うちの新聞、貧乏ですから、転載料は差し上げられませんが、秋になったらリンゴを送ります」

まだ半年も先のことだ。お互いに忘れるだろうと思った。

ところが、秋になるとりっぱなリンゴが大箱で届いて目を見張った。勤め先の同僚で、日本人以上に日本の地方のことを知っているアメリカ人教師が、雑談の中で、日本で一番、いい人の多いのは山形だ、心があたたかい(ウオーム・ハーティド)と言ったことを思い出して、この清野幸男社長もその例かもしれないと考えて、親しみを覚えた。

そう思っているのを見すかすかのように、コラムを連載してくれないかと言ってきた。

よしきた、とばかり引き受ける。これにリンゴでなくてちゃんと原稿料をくれた。週に二、三度、多いときは四、五度書くこともある。けっこう忙しい。

その原稿で、冬の寒いときは、帽子はかざりではなく防寒具である、ということを書いた。すると、また、早朝の電話が清野さんからかかってきた。

「帽子のはなし読みました。ついては上等の帽子をプレゼントします。銀座のトラヤに話がつけてありますから、今日のうちにお出でください。お好きなのをお選びになってください。やっぱりボルスアリーノがいいでしょう」

それだけ言うと、こちらに有無をいわせず電話は切れた。

私も若いとき、帽子をかぶっていたが、粗末なものだった。銀座の名店トラヤも知らなければ、イタリアの名品、ボルスアリーノの名も知らない。

トラヤへ行くと万事のみこんでいて、〝似合います〟といってネズミ色のボルスアリーノを包んでくれた。まことにアカ抜けたプレゼントでしきりに感心した。やはりしゃれている人は違う。

清野幸男氏は日本陸軍戦闘機操縦者として鳴らしたベテランである。戦争中、少年航空兵募集のポスターが全国にはりだされたが、モデルは清野さんだった。紅顔の美少年である。ご本人もその姿が気に入っていたのであろう。縮小した写真を名刺入れか何かに入れていて、戦闘機の話になると、それを見せた。わたくしも二度見た。

武運強く、いく度もの激戦に、重傷を負いながらも生き抜いた。老兵は死なず、ということばがふさわしかった。

戦後、日本航空のパイロットとして活躍、国際線で、世界各地を訪れた。戦後の早いころ、もっとも外国をよく知る日本人の一人だったであろう。あまり外国の話はしなかったが、珍しい品には目がなかった。いかがわしいプロポリスが出まわっていたときも本場の良品を個人輸入、知友に分け与えたこともある。

わたくしは小銭入れを大事にしているくせによくなくする。あるとき、やはり、わたくしの書いたコラムで、コイン入れをなくしたことを知ると、清野さん、すばらしい、イタリア製のコイン入れをおくってくださった。得意になって持ち歩いていると、どこで落としたのか、なくしてしまった。

それを知ると清野さん、何も言わずに、前のより上等に見えるコイン入れを送ってくださる。やはりイタリア製である。

もらうのは、外国製品ばかりではない。四季折々のものを送ってもらった。酒もあれば、こめも、野菜もある。いちばん珍しかったのは山菜である。山菜のとれないところで育ったわたくしは、山菜は一種類しかないように思っていたが、清野さんのおかげで山菜にくわしくなり、まわりのものをおどろかせるまでになった。

私のコラムが六千回になったから、ここで打ち止め、ということにしたいと申し出て終わった。

しばらくすると、読者がさみしがっている。もう一度、始めてくれないかと清野さんが言ってくる。

それではまた書きましょうとなって再開した。それが百回にもならないうちに清野さんは心臓の疾患で亡くなった。やはり操縦がひびいていたのではないか、と勝手なことを考えている。

一代の快男子はウオーム・ハーティドであった。いつも黒のボルスアリーノをかむっていた姿が忘れられない。

裏紙

毎日、広告がうるさいほど来る。新聞はどっさり広告を抱きかかえてくる。郵便や宅配で送られてくるものもある。

広告はきらいではない。それどころか、歓迎する気持があるから、いくら広告がきてもおどろかないが、役に立たないから、うるさいと思うのである。

役に立つ広告とは、裏白の広告、片面しか印刷されていないもの。これは利用価値があって、何十年来、便利をしている。

このごろは合理化の考えがつよくなったせいか、ほとんどの広告が、両面印刷で、息苦しいほど、いろいろのことが印刷されている。広告を出す側が、洞察力を欠いているからこんなことをする。両面に印刷すれば、片面の倍の伝通量があると考えるのは、小学生の頭である。両面だと一面に及ばなくなるということを、広告主は、よその広告をロクに見ないから、知らない。裏白広告の愛好者は淋しい思いをする。

広告より、区役所などのよこす書類がいい。かならず裏白である。表は読まなくても保存して利用する。そのうち、両面印刷を始めるのではないか、とひやひやしているが……。

われわれは、戦前、戦中、戦後の物資不足の時代の学生であり、ろくに勉強もしないで、勤労動員という名で徴用され、タダ働きをさせられた。勉強どころのさわぎではなかった。

人間とは不思議なもので、勉強なんかやめて、工場で働けといわれると、おそれながら勉強をさせていただきますという気持になるようである。

われわれは埼玉県の小さな工場で機関銃のタマをつくる作業をさせられた。夜は工場附設の工員宿舎で寝る。本ものの工員はみんな軍隊にとられて、カラになっていた。

暗い電灯のもとで、学生はめいめい勉強をした。わたくしは、どうして手に入れたか忘れたが、裏白のワラ半紙をたくさんもっていたから、それに、句集を写し取った。毎晩、すこしづつふえていくのがたのしみだったが、この裏白を使い切ったあとはどうしようと思うと胸さわぎがした。

加藤楸邨の句集を二冊、写本した。綴じて私製の冊子をこしらえるのが、たいへんなぜいたくなような気がした。

戦争が終っても、紙は貴重品であった。ノートや原稿用紙を手に入れるのが難しい。しかし、裏白の使用済みのものは、心がければ手に入った。

わたくしはそれを使って、ノート代りにした。ものを書くにも、原稿用紙がないから、裏白の廃紙を利用する。別にみじめな思いはしなかった。

メモはもちろん、原稿の下書きも裏白の紙を使う。十年以上、裏白紙につき合っていて、なんともいえない親しみを覚えるようになった。

ものが出まわり、用紙などいくらでも手に入るようになっても、裏白紙と縁を切る気がしない。文章を書くにしても、はじめから原稿用紙を使うと、書き損じないように気をつかうせいか、のびのびしたことが書けない。裏白の廃紙だとアット・ホームな感じで書くのが楽しくなる。不思議である。

そんなことを大学で担任していたクラスの出した雑誌にかいた。ひとりの真面目な学生が、「先生、そんなにお困りなら、われわれが、カンパします。原稿用紙をお使いください」と言うから、吹き出しそうになった。原稿用紙を買うにもコト欠いているように誤解されようとは考えてもみなかった。

それで裏白礼賛を言いふらすことはやめにした。しかし、裏白の紙はいい。


年をとって、ものを考えるおもしろさがわかってきた。若いときは、夜、ものを考えた、というより、考えようとした。ものがわかっていなかったのである。夜はものを思うことはできるが、考えるには適していないのである。それに気づいたのは還暦をすぎてからだからずいぶん、おく手だったわけだ。夜の頭はよごれていて自由に頭を働かせることができない、というのは、新しい知見だった。

朝、目をさます。床の中で、目を半分ひらく。あたりが清々しく広々としている感じである。しばらくすると、頭の中のモヤがうすくなり消える。

そのあたりで頭から新しい考えが湧き出す。それをそのままにしておくと、消える。いったん消えるともう思い出せない。運がよいとずっとあとになってまたひょっこりあらわれるが、そういう幸運はめったにない。

消えないうちにメモしておく必要がある。そのために、鉛筆、ボールペンと裏白の紙が用意してある。

明かりをつけなくても、手をのばせば紙も鉛筆もある。裏白紙いっぱいに大きな字でメモする。走り書きで、あとあと判読できないこともあるが、とにかくあとで考えをふりかえるときの手がかりにはなる。

枕もとに裏白の半紙が数十枚ないと安心できない。

本

自分の本が出せるようになった。うれしいものだから、出ると先輩、知友に贈った。ひところは五十冊くらいだった。

ある年末、本を送ったが、来ていい返事がほとんど来ない。郵便繁忙でまぎれたのか、そのころよくあった臨時の配達が、捨てたのかもしれない。

まさか、私の本、着きましたか、などと問い合わせるわけにもいかないし、実にいやな気持であった。こんな時期に不急の本を送るのがいけないのだと反省していて、そもそも本を贈るのがいけない、というところへ飛躍した。

だいたい本をもらうのはありがたくないものだ。だまっているわけにもいかないから礼状を書く。読んでいないのだから、いずれゆっくり拝見いたしたいと思っていますが、とりあえず御礼までなどと心にもないことでお茶をにごす。

知った人の本は読みたいと思わない。読んでも、それほどおもしろくない。そういうこともあって、本を送ることをやめて、さっぱりした。

昔の同級生は口さがない。

「また本が出た。また、くれない。なぜよこさないんだ」

「キミたちには読んでほしくないのでね」

「じゃ、出さなきゃいいじゃないか」

「見ず知らずの人にはひとりでも多く読んでほしいんだ」

「つまり、ケチなんだ……」

それくらいのことではヘコたれない。悪く言われ、悪く思われながら数十年、ひとに本はあげない。

それでずいぶん損している、と好意ある友人が心配してくれたこともあるが、そういう損は覚悟の上。自分のきめた方針はまげたくない。

そのせいからもらう本もすくない。たまに届いた本の包みをあけると、おひまなおり、一覧いただきたく、ご知り会いにおすすめ頂ければ幸いです、などとあるから興ざめる。本がかわいそうだ。

ひとにやらないから、自分の本がたまってうるさい。捨てるわけにもいかないし、どうしようと思っていて、郷里の図書館へ一括、寄贈しようと思った。このごろスペースのなくなった図書館は本の寄贈を受けない、というから、もらってくれるかと問い合せたら受け入れる、というので、それまでに出した本を送った。何冊か忘れたが八、九十点だった。十年近く前のことである。その後、またたまったのが数十冊になるから、もう一度、受け入れてもらおうかと考えている。

えらそうに本を贈る時代ではない。よろこんでもらってくれるもの、ときめてかかられては迷惑する。そういうことを知らない人がいるから物騒である。

田中隆尚という人は、『茂吉随聞』で有名になった歌人であるが、自分の全集を出すことを願ってなくなった。遺産は全集刊行のために用いるべしとの遺言があって、展望社から著作集二十巻が出ることになった。

刊行に先立ち、寄贈先きに受贈をたしかめる問い合わせが来た。

生前の田中さんと多少のかかわりのあったわたくしのところへも問い合わせがきた。ためらうことなく、辞退の返事をした。自分の本の処分にも困っている人間である。

この上、読みもしない本を二十冊も貰ってはこまる。だいいち本がかわいそうだ。しかるべき人の手にわたって読まれる方がいいなどと考えた。

これが、関係者にショックを与えたらしい。ひどく悪く言われたらしい。それを活字にする人もあって、いやな思いをさせられた。

あとできいたことだが、受贈を断ったのは京都大学図書館とわたくしだけだった、という。わたくしは、わけもなく京大の図書館に親しみを覚えた。

数字

仲間としている勉強会で、たまたま、外国為替の話題になったときである。一〇二円は円高だ、というようなことになったとき、何を思ったのか、わたくしが、戦前はたいへんな円高だった。たしか、一ドルは二円だった、そう言ったが、だれも信用しない。日ごろから記憶のよくないことを知っているから、そんな古いことを覚えているはずがない。そう思ったのだろう。

奇篤な人はいるもので、そのときのひとりが、何カ月もして、あなたの記憶は正しい。たしかに昭和十年ころ、一ドルは二円で、今より五十倍も円高だった、というようなレポートをして一同びっくり、わたくしは思いもかけぬところで、面目をほどこしていい気分であった。

数字だから覚えているのである。ほかのことはみな忘れてしまっているが、数字は消えない。戦後、はじめての固定相場は一ドル三百六十円、一ポンド一〇八〇円であること忘れたことはない。

わたくしは数学は苦手だが、数字は好きである。いつからそうなったのかと考えたことがあり、すぐわけがわかった。

小学校六年のとき、学校と地続きの城山で、ターザンのまねをしていて、ツルが切れ地上にほうり出され、怪我をした。たいした怪我ではなかったが、治り切らない前に入浴したのがいけなかった。一夜のうちに腕が丸太棒のようになった。丹毒と診断されて即日入院となった。二日は意識を失っていたらしい。

すこしよくなったときに、父が読みたい本を買ってきてやると言う。どうして知っていたのかわからないが、「少年年鑑」がほしいといった。父は妙な顔をしたが買ってきてくれた。

することがないのだから、朝から夜まで、この数字の羅列の本を手からはなさなかった。

たちまち読破、すぐ、二度目を読んだ。

いまでもそのころの百メートル競走の日本新記録は一〇秒三、世界記録は一〇秒二であることを覚えている。東京の人口が五百何十万、大阪が二百八十万、名古屋が百二十万といった数字もこまかく覚えていたが、いまはすこしボケた。東京以北、人口十万をこえるところは仙台と札幌しかなかった。

いつしか数字を崇拝するようになっていてわれながらおどろき、反省したが、いったん身にしみたクセである。変えることもすてることもできない。

シェイクスピアの戯曲をよんでいると、数字に敏感であることがわかり親しみのようなものを感じる。シェイクスピアはいつ数字好きになったのであろうか、と他愛もない想像をしたこともある。

年をとってきて、新聞を読むのが面倒になってきて、政治や経済の記事には見向きもしないが、数字の出てくる記事は別で、目をこすって見入るのである。

ことしになって内閣府が行った国際調査の記事にも数字があっておもしろかった。米、英、独、仏、瑞、韓、日の七カ国の比較である。自分に「満足している」日本人は四五％しかない。トップはアメリカの八六％。日本はビリ。韓国(七一％)は六位。「自分には長所がある」と答えた日本人は六八％だが、トップはアメリカの九三％で、やはり日本は最下位。その数字をながめて、いろいろ考えるのがたのしい。

企業の採用担当者がえらんだ大学ランキングという一覧があって、①京都大学　②神戸大学　③大阪市立大学　④筑波大学……となっている。東大は二十何位かに沈んでいる。これもおもしろい。どうして関西勢が上位なのかちょっと考えたくらいでわかるわけもないが、へたな論説よりおもしろいことはたしかである。

きのう(二〇一四・七・三〇)のある新聞の夕刊にJR東日本の一日あたりの乗降数のランキングが出ていた。

①新宿(七五万)　②池袋(五五万)　③東京(四一万)　④横浜(四〇万)　⑤渋谷(三七万)　⑥品川　⑦新橋　⑧大宮　⑨秋葉原　⑩北千住となっている。前年度3位だった渋谷が5位に下がったのが注目される。

ひと口におもしろいというが、作り話のおもしろさなど底が知れている。そこへ行くと数字のおもしろさは味わいも深い。昔の「少年年鑑」のような本があったら、枕頭の書にしようと半ば本気で考えている。

年齢も、数字であることを、このごろようやく気づいて、年祝いということを昔からした意義を考えたりする。

留学

有力国立大学で外国留学の枠があまっている、留学希望者が減少している。そういう話をきいて、おどろいた。どうしてだろうとは思ったが、すこし、おもしろいと思ったのは普通ではないかもしれない。

アメリカからハーヴァード大学の幹部が来日、近年、日本からの留学生がすくない、もっと来てほしいと語ったということを聞いて、なぜか、愉快に思ったが、これも、普通ではないかもしれない。

明治以来、留学はエリートコースの随一であった。えらくなるには留学しなくては……。

とネコもシャクシも外国へ行くことをあこがれた。留学できるのは、ほんとうに限られた人たちだけであった。

昔の官立の大学教授になるには、在外研究二年が必要条件であった。専門を問わず留学してこないと大学教授になれないという。そういう規定があった。国文学の先生が、外国へ行って、なにをするのか、だれもわからないが、きまりだからしかたがない。国文学の芳賀矢一は英文学の夏目漱石といっしょにヨーロッパへ行った。

戦争に負けた戦後は外国へ行くのが一段と喜ばれた。アメリカが敗戦国人に対するサービスとして、ガリオア、のちのフルブライト留学制度をこしらえた。日本人はなんとかしてアメリカへ行こうと目の色を変えた。アメリカへ行った日本人はおびただしい数にのぼるはずである。

まるで学問と関係ないような政治家が選挙公報の履歴に、〝外遊二回〟などと誇ってそれが有効だったらしい。

おもしろかったのは、農村のおじさん、おばさんが、ツアーで外国旅行し、帰ってきて、〝やっぱり、日本がええわ〟とつぶやいたことである。知識人よりすすんでいたのかもしれない。それを目ざとくとらえて、〝ディスカバー・ジャパン〟(日本の発見)というキャッチ・フレーズで、国内観光をさかんにした広告代理店のプランナーもあった。やはり、先覚者だったのかもしれない。

わたくしは、とうとう、一度も外国の土をふまずに、一生を終えることになるが、別にすべきことをしなかった、という後ろめたさはない。

外国語、英語の教師であるから、留学して当然と思われるらしい。外国へ行ったことがない、と言うと、なぜだ、と非難がましく言われる。毎度のことでうるさいから、〝行きたくないから行かない〟と答えると、変人扱いをされる。

国文学を専攻している友人の学者が、外国文学を研究するなら留学は必須であると迫ってきたことがあるから、反論した。

「あなた方だって、平安朝へ〝留学〟しないで、源氏物語の研究をしているじゃありませんか。研究は〝遠きにありてはげむもの〟です。日本人がイギリスへ行けば、英文学は外国文学ではなくなり、国文学になるおそれがある。つまり、留学すると、国籍不明人間になるおそれがある。イギリス人になれないのがハッキリしているのだから、しっかり日本人でありたい。留学といった危険なことは慎しむのもひとつの分別でしょう」

わたくしは文化のおくれたところで育ち、英語が好きになって、英文科に入った。

戦争直前のことである。まわりがうるさい。何を好んでいまどき英語などやるのか。……と言うが好き嫌いは世情に左右されない。就職がなければ離れ島の灯台守になる、などとうそぶいた。

外国人として外国語、外国文化を学ぶには、相手国が友好国か敵国かなどというのは問題ではない。

外国留学を終えてきた人たちが、外国にかぶれて、二口目には〝向うでは……〟などと言うのを苦々しくきいているうちに、留学は何であると考えるようになった。外国人のまねをするのが能ではない。明治以来、留学を〝学をとどめる〟として悪しざまに言ったのを地でいく例があまりにも多かった。

いくら外国の真似をしたって、タカが知れている。本場を凌駕することは難しい。思い切って外国をつき離して眺めると、向うの人たちの見えないところが見えるかもしれない。

近くで見る山は、きたなく荒れていても、遠山として望めば、青い山になっている。「遠くより眺めればこそ白妙の富士も富士なり筑波嶺もまた」

アサリ

郷里の身寄りのものからアサリを送ってもらった。都会では見られぬみごとなアサリである。その昔、アサリとりの名人を自認していたわたくしは、アサリを見ると、血がさわぐようである。

それとは別に、忘れられない話がある。戦争末期、軍隊にいたときのことである。

われわれは営門を出て、久しぶりにシャバの道路をふみしめながら行進していた。向こうから、馬上、えらそうな将校がやってくる。連隊長かもしれない。われわれの中隊長千葉中尉が飛び出して行って報告する。

「第二機関銃中隊は谷津海岸において、水際撃滅作戦演習をします……」

それで海に向っているのだとわれわれははじめて納得。海岸につくと、中尉はおごそかに命令する。

「わが中隊は、洋上、アサリ軍の上陸を水際において撃滅せんとする。各員、努力せよ」

だれも笑うものはなかったが、心ではバンザイをさけんでいた。なんだ、潮干狩りだったのか。水際撃滅作戦がよかった。

実は、われわれはあと二日で、千葉から前橋へ配置転換されることになっていた。その期に及んで野外演習なんてずいぶん間が抜けていると思っていたが、中尉のユーモアがあるとわかってなんとも言えない明るい気持になった。軍隊にだって、こういう人がいる。まんざらでもない。

わたくしは、その日、たまたま模擬小隊長を命じられていた。ほかに何小隊もあるから、アサリ取りの競争である。アサリ取りの名人として、ほかの小隊におくれたりしては口惜しい。とったアサリはむき身にしてもって帰り、晩のおかずになるのだろうから、多々ますますよろしい。

隊員に向って、ムキ身作りの要領を指示する。ハンゴウでアサリをうであげたら貝を取り出し、熱湯はそのまま、新たにすこし水を加えて、次の貝を入れる。これを繰り返せ、と命じたが、みんな言うことをよくきいた。またたくまにアサリのムキ身の山ができた。となりの小隊は、いっぺんいっぺん水を入れかえているから時間がかかる。

二日していよいよ離隊となるとき、千葉中尉は、全員に面接、ことばをかけてくれるという。いかにもあたたかく、やさしいのである。

わたくしの番になって中尉の前にかしこまると、

「……は実に頭がいい。これまでもよくそう言われただろう……」

と言われるではないか。はじめが陸軍用語のキサマであったかどうか、記憶がない。オマエではなくキミだったような気もするのである。

それはともかく、面と向って、頭がいいなどと言った人はそれまでひとりもなかった。頭がもうすこし良いといいが……と思っていた人間である。まさか、軍隊の上官からほめられようとは、それこそ夢にも思わなかった。

いずれ戦地へ出て死ぬこととなるだろうというときに、ほめてもらっても、しかたがない、とは思わなかった。ひょっとすると、能力があるのかもしれないと思うと、生まれ変ったような気持である。

戦後を生きて、おもしろくないこと、つらいこと、自信を失いかけるときに、千葉さんの明るい声を思い出すと、不思議な力がわいてくるような気がする。

（考えてみるに、千葉中尉の判断が、谷津海岸でのアサリのむき身づくりにもとづいているかもしれない。そうだとすると、大げさに考えるのは滑稽かもしれない）

クジラ

庭に出ていると、前の通りを幼い小学生がふたり歩いてきた。ひとりが、

「きのうの日曜、お父さんと、東京湾へ釣りに行ったんだ」

「なにかつれた？」

「すごいクジラをつった」

「どうしてもってきた？」

「バケツに入れて…」

まじめな調子で言っているのがおかしかった。しばらくこどもの話を反芻していて
あまりおもしろくなかった、自分のホラ話を思い出した。

小学校へ入学する前だったように思う。遊び仲間と、近くのお寺にいた。りっぱな
山門に石段があった。そこへ悪童が何人か、五、六人はいたように思う。並んで腰を
おろしていた。

わたくしが得意になってホラ話をした。

みんなもよく知っている養魚場へ入って、大きなサカナを何匹も手づかみにした。そういうと、みんなが、スゴイといった声をあげる。調子にのって、そのサカナをもっていったら、店で買ってくれて、十銭もらった……。

まったく根も葉もない作り話だったが、仲間は疑うことなく、その英雄的行為をほめそやした。そのころの十銭はこどもにとっては手にすることもない大金である。

しばらくすれば、話した方もきいた方も、そんな話を覚えているものはない。

だいぶたって、本家のおばあさんがニコリともしないでウチへやってきて、母になにやら文句をいっているらしい。うちは分家だから、本家には頭があがらないが、本家はマチでも屈指の資産家である。分家の子が養魚場のサカナをとって、売った、などという噂をほっておくわけにはいかない。おばあさんは母を叱りにきたのである。

おばあさんの帰ったあと、どんなに叱られるか、と小さくなっていると、意外と母は静かで、おばあさんの話して行ったことを、そのまま繰り返しただけだった。どういうつもりだったかわからないが、わたくしとしては叱ってもらった方がよかった。

叱られないのがかえってつらかった。

ひょっとすると、サカナを盗って売ったというのが作り話、ホラ話である、と見抜いていたのかもしれない。だとすれば、母はすばらしい洞察力をもっていたことになる。こどもには、そんなことはわかるわけがない。不思議な気持はいつまでも消えなかった。

どうして、お寺の〝はなし〟が本家の知るところとなったのか。考えなくてもわかっていた。本家に年下のいとこがいたが、マチの北と南に離れていたのに、なんらかのルートで噂が届いたらしい。いとこがおばあさんに言いつける。おばあさんが飛んでくる。それで辻つまが合う。

悪いのはいとこだ。そう思って、仲間のものに話すと、みんなで、やっつけようという話がまとまる。

学校帰りのいとこを門のところで待ち伏せて、悪罵を浴びせるといういけないことをした。

いとこにはよほど痛い目であったのであろう。生涯、わたくしの存在を認めなかった。

　四十年もたったころ、読者からの手紙を受け取った。同姓で、しかも同郷である。ひょっとすると縁があるのではないかと思って手紙を書いたとある。いとこの長男だったのである。とっくに三十をこえていた。いとこは若死にしてそのころはこの世の人ではなかった。それにしても長男に生前、ひとこともわたくしのことを口にしなかったのである。その恨みを思って、おそろしい気がした。恨まれてもしかたがないが、もとが出まかせのホラ話であるのが、すこし情けない。

　それにしても、母の受けとめ方は静かであった。そう思うことができる前に、三十三歳という若さで亡くなってしまう。

　わたくしの作り話に比べると、東京湾のクジラの話は、いかにも、浮世ばなれている。あと腐れもなさそうである。こどもは、だれでも、幼いときに、作り話をつくる能力にめぐまれていて、めいめいのメルヘンの世界をつくるような気がする。

迷子札

三歳か四歳か、どうもはっきりしないが、うちは名古屋の市内に住んでいた。となりのエンヤくんが、頭がいいと近所で評判だったらしい。

そういう子と遊ぶのを母は喜んだようで、エンヤくんと遊んでいれば安心していた。エンヤくんの頭のよさということが気になった。とにかくどんな数字だって読んでしまうという。市内電車のハラに三ケタの数字が大きく書かれていたが、それをエンヤくんはスラスラと言ってしまう。そう言って大人たちは感心していたらしい。母のはなしをきいて、わたくしもエンヤくんをえらいと思っていた。(ずっと、あとになって、大きな数字を読んだというのに疑問をもつようになる。三五一という市電のハラの番号を、エンヤくんは、三百五十一と読んだのではなく、さん、ご、いち、と読んだのであった。大人というのは、つまらぬことに感心するものらしい)

毎日のようにいっしょに遊んでいたエンヤくんが、

「お城をみにいこまい。つれていってやる……」

という。有名な名古屋城はそう遠くなかった。ウチの近くからでも天守閣がチラリと見えた。しかし、小さなこどもがいけるところではない。さすがエンヤくんである。よろこんでついていくことにした。

どこをどう歩いたか、まるでわからなかったが、お城を目近に見る。練兵場を見下ろす高台へ出た。

声はきこえないが、兵隊さんが、えらいのにコヅカレているのが、手にとるようによく見える。ワケもわからず、いばって、兵隊さんをたたいているえらいのがニクくなった。陸軍に対してのちのち悪いイメージをもつようになるのだが、どうも、その根は、このときのイジメだったような気がする。

お城の近くまではいかれなかったが、大きなお城であることがわかったところで満足して帰ることにした。

往きはよいよい、帰りがこわい。小さなこどもだから、そんなことばは知らないが、そのとおりになった。

往きはえらそうにしていたエンヤくん、すっかり元気をなくして、いつものような、威張った口のきき方をしなくなった。エンヤくんはわたくしの一つ年上だったから、威張って当たり前だが、名古屋城を見たらとたんに元気を失ったのがおかしかった。

往きは、名古屋城が見えているから道を知らなくても近づくことができたが、帰りはそうはいかない。ウチは見えない。目じるしがないところをどうした。

エンヤくんが元気をなくすると、こちらの元気が出てきた。エンヤくんの先に立って歩き出した。しばらくすると、エンヤくんが、こっちではないか、という辻に出た。わたくしが、それをはねのけて、

「電車道を行けばうちへいかれる」

とエンヤくんに言った。エンヤくんが、だまってついてくる。(後年、思い出していて、あのとき市電の線路に沿っていけばウチへ帰られると考えたのは、ちょっとしたアイディアであったと思ったことがある)

ふたりのウチは大騒ぎ、人さらいにさらわれたのかもということになった。近所の

人も総出で、さがしまわることになった。

市電の交叉点の近くにいた近所の人たちが、

「アッ！　いたいた。あそこにいる」

と叫ぶ声がきこえたときは、うれしかった。

二人ともどんなに叱られたことか、すべて、まるで覚えていない。ウチとエンヤくんのところが相談したのであろう。二人とも迷子札を首からぶらさげないと外へ出られないことになって、こどもながら面目なかった。ことに秀才エンヤくんは自信をなくしたのだろう。わたくしに対しても兄貴ぶることがなくなり、やさしくいい友だちになった。

名古屋市西区外堀町三丁目十二番と刻まれた銅板のアドレスは最後の地番以外同じだった。ただそのあとめいめい名が刻まれていたはずだが読めない漢字である。

ずっとエンヤくんと言ってきたが、苗字なのか、名前なのかすらはっきりしない。迷子札を読めたらこんなことはないが、いまは昔の話である。

エンヤくんのことを書いた文章を読んだ言語学者が、それは姓だ、どこそかの出身ではないか、と親切に教えてくれたが、いまはそれも忘れてしまった。

しかし、思い出のエンヤくんはいまもいくらか威張っているように思われるが、もうこの世にいないかもしれない。

オートバイ

タケシがいばっていう。

「こんどおらがにオートバイがくる」

きいてみると、同居している父の弟が、オートバイを買った、というのである。ときは昭和のはじめ、オートバイという名前は知っていても、見たことのあるものは、近所にはいなかった。

しかし、わたくしは、オートバイを小バカにしていた。それよりずっと前に、母方の叔父がオートバイを乗りまわしていたことをきいて知っていたからである。オートバイはいくらかおかしな若い人が乗るもの、といった偏見をもっていたのである。

母には十年とし上の兄があった。父は、若くして村長になり、何十年も名村長として評判のよかった人である。

父がえらすぎると、息子はつらい。素直にのびていかれなくて屈折する。世間はそれを〝ぐれた〟と呼ぶ。この叔父もその例にもれなかったらしい。農村学校に入ったが、勉強そっちのけで遊んでばかりいたらしい。

そういう話をしたのはわたくしの母、つまり叔父の妹である。妹は兄とは違って、頭がよく、学校の成績もすばらしかった。おじいさんはそのひとり娘を可愛がり、息子につらく当ったのであろう。いまから考えると、叔父が気の毒に思われる。

その叔父が、学校を出てしばらくすると、新しい仕事を考えついた。農産物の遠隔地販売である。そのころ、というのは大正の中ごろだが、作物をよそで売るなどということを考える人はなかった。叔父は新しい農業を考えていたのである。決して鈍物ではなく、やはりすぐれた頭をもっていたのであろう。後年のわたくしは、そんな風に考えて叔父の志を評価するようになっている。

母はずっと、兄のことを小バカにするところがあったが、それは父親の気持にひきづられていたのであって、心の底では、兄を認めていたのではないかと、それも、あとになって、わたくしの考えたことである。

農作物を遠くで小売りするのにオートバイが必要だと叔父は考えたらしい。父親を説得して、舶来のオートバイを手に入れた。母の話によると二百五十円だったという。月給三十円でりっぱな月給とりと言われた時代だから、いまの自動車より高価だったかもしれない。

三河の海岸地帯には早生《わせ》のサツマイモができる。伊勢の南の方にはサツマイモが少ない、ことに早生のサツマイモはない。それを売ろうという計画だったらしい。友人と二人で、小舟をかりて、三河湾、伊勢湾を横断する。サツマイモを売り歩くためのオートバイを積み込んだ。

もちろん予定通りには進まない。大海原の中で日がくれ、対岸のかすかな光を頼りに舟を進めていると、暗礁に衝突。なにしろどっさり積み荷のある小舟。あっという間に転覆。二人は海に投げ出され、オートバイはイモといっしょに海のモクズになった。二人は舟にしがみついて夜をあかし、通りがかりの漁船に助けられたというのである。

あとがどうなったのかわからない。母は何度もこの話をわたくしに話した。どういう意図があったかわからないが、教訓のつもりではなかったらしい。冒険としておもしろがっていたのかもしれない。母の話は、いつも、尻切れとんぼだったようである。わたくしは、オートバイがどうなったのかが、知りたかったが、なぜか、きくのがはばかられた。

母はまだ三十三歳という若さで、わたくしを頭に三人の子を遺して亡くなってしまった。

わたくしはひところ家出をしたいと思うくらいのいやな思いをしなくてはならなかったが、そのとき、それまで、口をきいたこともなかった叔父が、そっとやさしくしてくれるようになった。世の中がみんな敵のように思われたとき、オートバイの叔父さんが気にかけてくれていることがわかった。

母の亡くなる三年前に大病して、入院することになったとき、わたくしと妹を、引きとってくれた。何カ月もおせわになった。子だくさんの叔父の家へよその子の面倒を見るのはたいへんである。それがそうでなかった。自分の子とまったくわけへだてしないで、わが子のように可愛がってくれた。

わたくしは叔父が好きになり、その後、なにかというと、遊びに行って、いとこたちと、きょうだいのような口をきいて遊んだ。

母の話してくれたオートバイの話も、こどものときに聞いたのとはちがった意味があるように思われるようになった。

ぜんそく

いつか、「いちばん長いおつき合いは?」ときかれて、「ぜんそくです」と答えて相手をびっくりさせたことがある。

といって、生まれつきのぜんそくではない。こどものころ、健康優良児だった。中学(旧制)へ入ったら、勉強より運動の方がおもしろくなり、サッカーの真似ごとをし、陸上競技では学年トップの記録をつくって得意になっていた。百メートル、二百メートル、四百、八百、千五百、走幅跳、走高跳、三段跳、槍投、砲丸投、みんなつよかった。

三年生になって、運動をきっぱりやめた。ある日、学校の職員室の廊下を歩いていると、あけ放たれた部屋から、英語の先生の声がきこえる。「外山なんか、陸上競技をやりたくて、この学校へきたんだ……」先生は本人が外の廊下で聞いているとはご存知じないが、こちらは、びっくり、衝撃を受ける。「よし、運動は全部、やめてやる」と決心する。確かに、勉強の方は、運動ほどではないが、別に劣等というわけではない。わたくしは、その中学から離れたところの出身で地元にもある中学をさけて、この中学へ入り寄宿舎にいたのである。それを走ったり、跳んだりするためだけのように思われるのはおもしろくない。勉強の成績をよくして、ハナをあかしてやろうと思ったのである。

グランドへ出るのをきっぱりやめて、勉強をした。一年したら、さきに噂した先生が教室で、「四、五年を通じて外山がトップの成績だった」と言って、クラスのものをおどろかせた。

そのころ中学四年修了で受験できる上級学校があったので、入試模擬試験は四、五年合同で行われた。四年では五年にはかなわなかったが、それをひっくり返した、というのだ。

それはいいが、健康を失いかけていた。田舎のことで、そんなことを気にかけるものはなかった。五年生になって、富士登山があり、その前に、健康検査がおこなわれたが、わたくしは、思いもかけず、不合格。登山できなくなった。ほかに札つきの弱虫が二人いただけだった。

中学を出て東京へ出てきた。

東京の風は悪い、冷たい。またたくまに、ぜんそくになる。そのころ若くてぜんそくになるもの好きはなかったから、途方にくれる。医者がまるで頼りない。発作がおこると、じっと呼吸困難に耐えるしかない。

学校を出て、名門中学校の教師になる。はじめて教えたクラスに佐藤という生徒がいた。あるとき佐藤少年が「うちの父がぜんそくのこと先生に話したがっています」という。わたくしが教室で妙な息づかいをしているのをうちで話したらしい。父親は順天堂大学病院眼科主任教授だったが、自身もぜんそくに苦労されて、助けてやろうと思われたらしい。

病院へ行って、いろいろ注意を受けた。朝鮮朝顔の粉末を焼いて煙を吸うと呼吸が楽になるのである。ありがたかった。

同病相あわれむ、というが、持病のとりもつ縁というのは格別である。行きずりの人でもぜんそくだというと、他人のような気がしなくなる。

中学の教師を落第して、思いもかけない月刊雑誌の編集をすることになった。編集部を名乗っていたが、ひとりですべてをこなすワンマン?雑誌で健康にいいわけがない。月に何度も発作をおこす。ことに校了前後がいけない。文字通りフーフーいっていた。

執筆者でもぜんそくの人がいる。さいしょにそれで親しくなったのが慶応大学の厨川文夫先生。白村の息子さんで、中世英文学の泰斗であった。こちらはかけ出し編集者だが、ぜんそくがとりもつ縁みたいになった。学会などで顔を合わすと、あいさつ抜きで、「どうです、この頃は」と声をかけられる。いろいろのクスリを試みていて、いいのがあると教えてくださる。戦友のような気がする。仕事を離れて親しみを覚えた。

もうひとりは、文芸評論の磯田光一さんである。こちらは、わたしよりすこし年下だったから、なんとなく仲間のような気がした。彼のまわりはわたくしに敵意をもっている人ばかりだったが、磯田さんはいつもやさしかった。ぜんそくの話はめったにしなかったが、それとなくお互いの健康を気づかう、というところがあって、会ったあと、いつもさわやかであった。

ある日、磯田さんに会って帰ると、知の前線百冊、という特集をしている雑誌が届いていた。その中で磯田さんは、わたくしの『異本論』をとりあげ、文学研究の流れを変えるものだと書いている。さっきまで会っていたが、そんなことはおくびにも出さず、ぜんそくの人にバカはすくないようだという話に興じていたのである。

『異本論』は気負って書いた試論であるが、まったく無視されていた。活字で認めたのはかれひとりである。以後、今にいたるまでこの本に注目した人はない。同病のとりもつ好意としても、磯田さんの好意はありがたい。

ぜんそくは、案外、やさしいところがあるらしい。

円山公園

中央公論社の和田氏からはじめての電話をもらう。びっくりするようなことを言う。京都大学の田中美知太郎先生から、「世界の名著」の月報の対談をしたい、京都へ行ってほしいという用件である。

ギリシア哲学の巻の月報である。英文学をすこしかじっている若造につとまる役ではない。辞退したいというと、和田さんは笑声になって、円山公園の夜桜を見せたいとおっしゃっている、という。そんなら、とにかく京都へ行きますと答えてしまった。

田中先生は終戦後まで、東京文理科大学の羅典語の講師であった。専任ではないから受講者がなくなると失職するということは学生も心得ていた。なるべく休まないようにした。ラテン語の方はあまり進まなかったが、先生の授業はどこか違っていて、それに惹かれる学生がいた。わたくしもそのひとり。

先生はずいぶん苦労されたらしいことは、学生にもだんだんわかってきて、先生への敬慕になった。

上智大学を出られて京都大学哲学科の専科生になられた。当時の大学では本科と専科はまるで違い、専科はひどい差別を受けたらしい。就職も思うにまかせない。田中先生はずっと時間講師をされて原稿を書いて生活を支えておられた。そういう中でしっかりした勉強をされて、ギリシア哲学最高の学者であった。

敗戦によって、それまでの京都大学哲学科の教授たちが消えて、後任がない。専科出の田中先生が主任教授に選ばれた。京都大学文学部哲学第一講座担当である。われわれ旧学生はそれをわがことのように喜んだ。

田中先生も、東京の旧学生のことをにくからず思っておられたのであろうか。わたくしが、定職もなく、嘱託で月刊雑誌の編集をさせられていたころ、「卒業してすぐよい就職をするとたいていあとがいけません。じっくり勉強してください」といったはげましをいただいたこともある。

そういう田中先生である。仕事にかこつけて、元気づけてやろうと考えられても不思議ではない。

京都では、対談もそこそこに、京料理をごちそうになり、円山公園の夜桜をたんのうした。こんな楽しい花見はあとにもさきにもない。田中先生のお気持をありがたいと思った。

和田さんと、京都ホテルへ戻り、二人でお茶を飲んだ。そこで和田さんが、改めて本になるものはないかといってくれる。思いもかけない話である。依頼されてはじめて出した著書「日本語の論理」は花見の名残りであるが、そこにも田中先生のご配慮があったらしいことを、ずっとあとになって気がついた。

和田さんもわたくしのことを心にかけてくれて、なにかというと、原稿を頼んだりしてくれた。

当時、和田さんは部長だったように記憶するが、そのころの中央公論社は進歩派連中があばれていて、穏健な和田さんはその矢面に立って苦労が多かったらしい。左翼や進歩派ぎらいであったわたくしに親しみを覚えたのかもしれない。よく、ぶらっとあらわれて、静かに話をした。

ある月曜の朝、出勤前の和田さんがあらわれた。手に何かぶらさげている。

和田さんは町田に住んでいた。そのころの町田は、名前のような自然があったらしい。すぐ近くまで丘陵で、山には、自然薯が出る。それを掘るのが休みの楽しみですと、淋しそうに笑う。

「昨日の日曜、自然薯掘りを楽しみました。よさそうなのをお持ちしました」

自然薯はデリケートで、ちょっとすると折れてしまう。折れないように掘り出すのはたいへんです。それだけに、掘り上げた喜びも大きいですが……」

うちでもらったイモはみごとなものでホレボレするほどであった。

勤め先でおもしろくないことがあっても、山に入ってイモを掘るとさわやかな気分になる。和田さんにとってのかけがえのない生きがいだったのであろう。

しかし、仕事の上の苦労は、それくらいでは消えないものであったらしい。ある時、わたくしは、社をやめて、仕事を変えたらどうです、とすすめたこともあったが、和田さんは、例のようにほほえんで、ほかへ話をそらした。

それから数年して和田さんはまだ若いのに亡くなってしまった。

そして、わたくしは考えた。

自分はひょっとすると、和田さんに掘り出された貧弱な自然薯だったかもしれない。和田さんはありがたい人であったのである。その点でも田中美知太郎先生と似ている。円山公園はありがたくそして、やさしかった。

外山滋比古（とやま　しげひこ）
英文学者、一九二三年愛知県生れ。お茶の水女子大学名誉教授。
著書＝「修辞的残像」（一九六一年）、「近代読者論」（六四年）、「日本語の論理」（七三年）、「異本論」（七八年）、「思考の整理学」（八三年）は文庫化され（八六年）、話題のミリオンセラーとなった。「茶ばなし」（二〇一五年）、「三河の風」（一五年）ほか多数の著書がある。

山寺清朝《やまでらせいちょう》

平成二十九年四月十一日　第一刷発行

著　　者　外山滋比古
発 行 人　唐澤明義
発 行 所　展望社（〒一一二-〇〇〇二
　　　　　東京都文京区小石川三の一
　　　　　の七の二〇二）
印刷製本　株式会社東京印書館

ISBN978-4-88546-327-3